IG 時尚穿搭力！

Instagram

日本超人氣**平價時尚**女王教你這樣穿，
只要ZARA、H&M、GU、UNIQLO、無印良品、しまむら
就能打造365天的完美品味

應該購買哪一個平價品牌
怎麼搭配才能顯現時尚感
想將我的論點傳達給大家。

　　我主要以UNIQLO、GU、しまむら等平價品牌的商品搭配出每天的造型，不是雜誌上刊載的服飾品牌，我也沒有模特兒般的身材，但是為什麼能夠營造出如此相近的感覺呢……思考要怎麼下工夫讓自己變得時尚是一件非常愉快的事情！

　　因為想將這份愉快的感覺傳達給更多人所以開始寫部落格，在不知不覺中也讓許多人看到了，現在我也以個人時尚諮詢師的身分幫助很多人穿出時尚感。

　　除了自己之外，為了每位客戶思考適合他們的服飾讓我學習到更多，剛開始也常常因為找不到滿意的東西而感到辛苦，但是，隨著將研究平價品牌當成工作看待後，就漸漸知道要在哪裡買什麼樣的商品，有了一套自己的理論。

　　而將這些完整呈現的就是這本書。內容包括如何從UNIQLO、無印良品等到處都有的這些品牌中挑選衣服，以及我的推薦單品等，將平價時尚服飾穿搭造型的技巧一手掌握。雖然只是一點點小小的知識，但是如果大家能夠在看了這本書之後更享受平價服飾的穿搭樂趣，那麼我真的會感到很幸福。

　　好吧，明天要穿什麼呢？一邊這麼想一邊翻翻這本書如何呢。

PART

1

ONE

六大平價時尚品牌的
必買單品

PART

TWO

超級基本款的
造型穿搭比較

PART

THREE

YOKO的
配件穿搭術

PART 4

FOUR

旅行中的穿搭術&
夫妻的造型搭配

※本書中所記載的商品價格為作者購買當時的
　價格。

※作者身高157cm，平常穿衣尺寸為7～9號。

UNIQLO しまむら GU
無印良品 ZARA H&M

六大平價時尚品牌的
必買單品

我的衣櫃裡大多數是到處可見的UNIQLO或
しまむら等平價服飾品牌的衣服。有時候因
為一時衝動而買了不合適的衣服，有時候也
因為超便宜買回家後，意想不到的成為百搭
的實用單品。隨著這些經驗累積，我也漸漸
知道應該在哪個品牌購買什麼樣式的衣服，
現在就將我的購物理論介紹給大家喔♪

Yoko says :

不受流行影響的基本款，
可以先在
UNIQLO尋找。

UNIQLO的MUST BUY 1

牛仔褲

款式簡單好搭配
材質具有彈性舒適好穿
同一款式我擁有好幾個顏色！

牛仔褲是每天的造型穿搭中不可或缺的必備單品，UNIQLO有各種不同顏色和版型的褲款，在這裡可以找到適合自己體型的款式。除了基本款之外，還會有帶點流行感的款式，而且買一件名牌牛仔褲的金額在這裡可以買好多件，所以如果找到喜歡的款式，我就會購入其他不同顏色的褲款。不必擔心變形盡量穿、盡量洗，如果穿到膝蓋部分都變形了，也不需要擔心要花太多預算就再買一件，這就是我選擇UNIQLO的理由。

UNIQLO牛仔褲 的最佳造型建議

feat. 特級彈性牛仔褲

FAVORITE COORDINATE

**橫條紋×迷彩
強調時尚感**

「隨便選擇一件橫條紋上衣」的
休假日，大膽搭配迷彩包來點冒
險吧，再圍上一條圍巾就可以擺
脫「隨便」穿搭的感覺！

With H&M's
cardigan

**目標是顯瘦
背心&襯衫的造型**

對於腰圍四周感到在意的人，
我推薦衣長稍長的背心，而襯
衫的明亮色彩和硬挺的質感讓
整體造型看起來更加俐落。

CASUAL

外套：H&M
上衣：GU
T恤（白）：無印良品
圍巾：Faliero Sarti
項鍊：BLISS POINT
手鍊：Lavish Gate、手作品
包：手作品
鞋：CONVERSE

襯衫：無印良品
背心：OSMOSIS
耳環：ANTON HEUNIS
手錶：Daniel Wellington
手鍊：手作品
包：しまむら
絲巾：二手店購入（￥1000日圓）
鞋：BELLINI

我最喜歡的款式是特級彈性牛仔褲，特別是基本款的
藍色，這個顏色搭配於任何造型中都不會顯得突兀，
是衣櫃中的基本班底。參考國外名媛的造型，我穿的
是露出腳踝的九分長度。

只將針織衣的前下擺塞進褲中
展現運用皮帶的穿搭技巧

對於將上衣塞入褲子裡感到
有所抗拒的人，如果只是塞
入前下擺，後面的衣服仍然
可以遮住臀部保有安心感，
搭配皮帶成為造型重點帶來
新鮮感！

在意腰部周圍的人
可以搭配長版開襟外套！

搭配可以遮住臀部的開襟外套，
即使看起來多少有些圓潤感，但
是這樣應該就可以很有自信的穿
上窄版牛仔褲了。再加上一條項
鍊拉長整體造型視線吧！

FORMAL

針織衫：UNIQLO
皮帶：URBAN RESEARCH
項鍊：手作品
耳環：朋友的手作品
手鍊：CHAN LUU
包：ZARA
圍巾：LAPIS LUCE PER BEAMS
鞋：ORiental TRaffic

開襟外套：ZARA
上衣：無印良品
內搭坦克背心（亮片）：出國旅行時購入（￥2000日圓）
耳環：GU
項鍊：手作品
手錶：Daniel Wellington
手鍊：united bamboo
包：しまむら
圍巾：Faliero Sarti
鞋：Pretty Bellerinas

013　　UNIQLO ── DENIM

搭配 UNIQLO牛仔褲 的 各種造型

1： 休閒風格的襯衫造型 也能飄散出女人味

2： 令人在意的臀部可 以利用略長的針織 衫巧妙遮掩

3： 套上長靴顯得很 可愛的冬季白色 牛仔褲造型

White denim
in the boots

4： 如果上衣也是白色， 就利用外套給予造型 重點

VARIATION 1

白色貼腿牛仔褲

雖然是牛仔褲卻又有恰到好處的秀氣感。
不要因為「看起來會比較胖」就排斥，
這是我希望大家盡量搭配在造型中的單品

特級彈性牛仔褲有藍色、深藍色、黑色、白色等四
色，如果想搭配出較為秀氣的造型時，那麼就是白色
大展身手的時候了。有些人可能擔心白色會顯露身
材缺點而排斥，但是如果搭配寬版或長版的上衣，就
可以營造出俐落感。特別是冬天時選擇白色貼腿牛
仔褲，即使是搭配深色外套也能讓整體造型顯得明
亮，所以我很推薦喔！

1： 原先披在肩上的充滿休閒感的橫條紋上衣也顯
得精明俐落，這就是白色貼腿牛仔褲的魔力！
再搭配皮革飾品展現成熟大人的造型。
襯衫、披在肩上的上衣：皆為UNIQLO
包：MODALU　鞋：SHOWROOM

2： 利用寬版上衣和貼腿褲強調造型的俐落鮮明
感，以簡單的深藍色×白色決定整體造型。
針織衫：SQUOVAL　包：しまむら
手環：H&M　鞋：Pretty Bellerinas

3： 能夠呈現bootsin造型也是貼腿褲具備的魅力。
在冬天穿著白色牛仔褲就給人一種很時尚的感
覺。
大衣：J&M DAVIDSON　上衣：UNITED ARROWS
圍巾：UNIQLO　包：しまむら
靴子：SARTORE

4： 上衣和褲子皆為白色，所以即使搭配一件牛仔
外套也依然給人潔淨清爽的感覺，將太陽眼鏡
和紅色皮帶做為造型的視覺重點。
牛仔外套：GAP　T恤：先生的私人物品
太陽眼鏡：H&M　皮帶：UNIQLO
包：MOYNA　鞋：ORiental TRaffic

With a border
cut & sewn

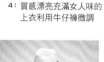

4：質感漂亮充滿女人味的
上衣利用牛仔褲微調

1：將皮革外套營造出
休閒輕鬆的氛圍

2：如果搭配同樣是灰
色的厚棉T就顯得
沉穩一些

3：將橫條紋T恤綁在腰
上製造視覺重點！

VARIATION 2

男友褲

**適度的寬鬆感和軟場的質感
是很帥氣又可愛的款式。
可以將褲管捲起穿出休閒感**

之前曾經和時尚雜誌聯名合作推出上寬下窄的褲
型，這款是長度至腳踝的牛仔褲。不會過度寬鬆也
不是合身的版型，帥氣又帶有可愛感的款式讓我非
常喜歡，特價1990日圓（台幣約570元）時我會一次購
買白色、藍色、灰色，上半身搭配合身的針織衣，或是
選擇漂亮秀氣的上衣再運用男友褲來減少過於正式
的造型感。

1：搭配貼腿褲會讓人感覺稍微陽剛的皮革外套，
如果選擇男友褲則能夠營造出輕鬆的感覺，再
加上一雙高跟鞋增添女人味。
皮革外套：出國旅行時購入 襯衫：UNIQLO 太
陽眼鏡、手環：皆為H&M 包：母親的舊有物
品 鞋：二手店購入

2：厚棉T＋牛仔褲的造型如果以單色調搭配也能
呈現成熟大人的風格，加上高跟鞋這種不協調
的穿搭方式也是我很喜歡的。
厚棉T：GU 襯衫：無印良品
帽子：TOMORROWLAND 包：ZARA
鞋：FABIO RUSCONI

3：今年新購入的款式為直筒窄版的男友九分褲系
列、顏色為62Blue。搭配灰色上衣和鞋子的三
明治穿法，以腰間的橫條紋增加視覺重點。
T恤：ZARA 上衣：H&M 包：しまむら
鞋：CONVERSE

4：充滿女性味的上衣搭配牛仔褲增加休閒氛圍，
這是我的既定穿搭術。寬版上衣在腰部刻意營
造寬鬆感可以略為修飾上半身線條。
上衣：ZARA 帽子：PANAMA HAT
包：De l'atelier EIN 鞋：FABIO RUSCONI

UNIQLO的MUST BUY 2

九分褲
七分褲

無論工作或休假時都非常實用的單品！
而且穿起來輕鬆舒適
還能夠修飾身型缺點。

UNIQLO的九分褲‧七分褲是腰部附近稍微寬
鬆，越往褲管越窄的上寬下窄版型。帶有張力的
材質不會顯露腿部線條，像是小腿比較有肉的我
也能夠安心穿著，即使大腿有份量的人我也很推
薦。露出腳踝的長度就算搭配平底鞋也能展現女
人味，這就是此款褲型的魅力。腰圍的鬆緊帶設
計穿起來很舒服，非常適合休假時穿著，而褲子
中央的壓線設計又帶有正式感，也可以使用於工
作場合的造型。只要推出新款就讓人很想擁有。

UNIQLO九分褲・七分褲 的最佳造型建議

feat. 緞面九分褲&線條九分褲

FAVORITE COORDINATE

Tricolor coordinate
With Uniqlo's shirt

**讓搭配正式西裝外套的
基本造型更顯時尚**

隨著上半身搭配的款式而大幅提升整體造型時尚度，這就是九分褲或七分褲的優點！另外，搭配鉚釘大叔鞋則是增加造型中的突兀感。

**將具有光澤感的紅色
當成主角的
三色穿搭造型**

如果是具有光澤感的緞面九分褲，即使是休閒風格的造型也能呈現出好質感，內搭上衣的亮片和銀色的勃肯涼鞋代替了飾品。

CASUAL ⟨- - - - - - - - - - - - - - - - - - -⟩ FORMAL

襯衫：UNIQLO
坦克背心（橫條紋）：H&M
內搭的坦克背心（亮片）：出國旅行時購入（￥2000日圓）
帽子：idee
包：しまむら
手鍊：手作品
鞋：BIRKENSTOCK

西裝外套：UNIQLO（IDLF）
T恤：無印良品
耳環：Lattice
墜子：Atelier el
手錶：Daniel Wellington
包：母親的舊有物品、しまむら
鞋：Bellini

大多數九分褲或七分褲都是基本色系的款式，卻在UNIQLO發現了明亮色系和有線條設計的款式！因為是中央壓線的樣式，所以不會過於有個性，能夠和手邊擁有的衣服輕鬆搭配。

搭配男裝造型
要利用鞋和包來增加「女人味」

尖頭高跟鞋和褲子的側邊線條營造出俐落的直線條感，可以讓腿部線條看起來更加修長，和豹紋圖案搭配在一起讓人意外的是沒有任何違和感。

側邊加入線條的設計
即使搭配T恤也能變得時尚

側邊線條是讓人一眼就會注意到的設計，乍看似乎不好搭配，但是只要選擇休閒風格的單品，就能大幅提升時尚感。

CASUAL ←------------------------------→ FORMAL

T恤：ZARA
帽子：GU
太陽眼鏡：GU
包：GU
圍巾：Faliero Sarti
手錶：CASIO
鞋：new balance

襯衫：出國旅行時購入（￥4000日圓）
T恤：無印良品
眼鏡：Zoff
手環：fifth
包：しまむら
圍巾：ALTEA
鞋：FABIO RUSCONI

Uniqlo's blue pants
Coordinate

4： 搭配西式背心和紳士
帽呈現男裝風格

1： 格紋營造可愛成熟
大人氛圍

3： 搭配寬版針織衣時只
將前下擺塞進褲子裡

2： 搭配襪子
也能很可愛

VARIATION 1

藍色九分褲

總而言之就是好搭配！
能將休閒風格上衣
襯托出可愛感覺的厲害角色

許多人會選擇襯衫或西裝外套搭配九分褲或七分褲
呈現正式風格的造型，只是這樣就太浪費了！對我
來說或許寧可選擇休閒款式的服裝，例如格紋或是
連帽上衣這類帶點孩子氣的款式，而九分褲或七分
褲最大的魅力就是能夠將它們襯托出可愛成熟大人
的造型氛圍。

1： 搭配同色系襯衫的漸層色彩搭法，加上黑色
配件加深整體造型印象。
襯衫：無印良品 眼鏡：Zoff 包：しまむら 手
錶：Daniel Wellington 手鍊：Lavish Gate 鞋：
Bellini

2： 腳踝以上長度的褲子搭配襪子後還能露出一點
肌膚，是當下流行的造型比例，加上高跟鞋，
享受大人休閒風格的穿搭樂趣。
西裝外套：UNIQLO T恤：しまむら 手錶：
Daniel Wellington 包：MODALU 襪子：
tutuanna 鞋：FABIO RUSCONI

3： 搭配寬版的針織衣時可將前下擺部分塞進褲子
裡營造出比例感，選擇休閒鞋也能讓人看見腳踝
展現女人味，這也是九分褲才能呈現的。
針織衫、圍巾：皆為UNIQLO
手錶：Daniel Wellington 包：出國旅行時購入
鞋：CONVERSE

4： 因為褲子是中央壓線的款式，非常適合搭配以
西式背心做為主角的夏季男裝造型，搭配夾腳
拖鞋增添休閒氛圍。
西式背心：TOMORROWLAND 坦克背心：H&M
帽子：PANAMA HAT 包：L.L.Bean
夾腳拖鞋：havaianas

1：駝色針織衣讓格紋
變身成熟大人風

2：搭配鞋子和皮包的
混搭感呈現屬於大
人的學院風格

3：九分褲
搭配靴子
也能顯得輕盈

4：不擅長搭配鮮豔色系單品的
人也毫無抗拒的紅色穿搭

With
red shoes

Uniqlo's
check pants

VARIATION 2

格紋九分褲

在平價品牌部落客間
廣獲好評的UNIQLO格紋褲。
令人意外的百搭是我造型中的要角

近來流行的傳統造型,其中的格紋元素就試著利用
褲子來呈現。通常選擇素色款式單品會比較安心的
我,對於有圖案的衣服總是很難下手,但是如果是
低調的沉穩色系或許就可以當作造型中的重點單
品,搭配基本款的襯衫或針織衫也能讓人感覺擁有
少許時尚感,是令人意外的百搭實用款。露出腳踝再
加上一雙高跟鞋,似乎還能呈現一股輕盈感。

1：搭配駝色針織衫,意外地居然營造出成熟大人
的氛圍,造型重點還有少許顯露出來的白色坦
克背心。
針織衫：ANGLOBAL SHOP 坦克背心：GU 包：
しまむら 手環：H&M 鞋：ORiental TRaffic

2：搭配學院風針織衫呈現學生造型,再加上顯眼
的紅色高跟鞋和正式感的波士頓包,完成略帶
難度的成熟大人休閒造型。
襯衫：無印良品 針織衣：UNIQLO 包：しまむら
手環：H&M 手錶：Daniel Wellington
鞋：二手店購入（￥500日圓）

3：搭配短靴時最好能稍微露出腳踝的肌膚,紅色
格紋和沉穩色系是絕佳組合。
針織衫：UNIQLO 包：ZARA 手環：fifth
靴子：L'autre chose

4：與褲子的格紋暗紅色互相搭配後,鮮豔的紅色
也變得沉穩有氣質,服裝選擇顏色鮮明的款式
時,配件以黑色統一則顯得俐落。
風衣：ANGLOBAL SHOP 針織衫：禮物
眼鏡：Zoff 包：出國旅行時購入 鞋：Bellini

UNIQLO的MUST BUY ③

基本款
針織衫

不被流行趨勢影響的款式也是百搭單品
雖然是平價商品
但是令人安心的好品質可以穿得長久。

便宜的針織衫常是容易起毛球的合成纖維材質，
或是穿起來有刺刺的感覺，但是UNIQLO的針織
衫完全沒有這些問題！所以，圓領開襟外套或高
領針織衫等基本款，UNIQLO絕對是最佳選擇。
有些讓人覺得「這件一定很實用」的款式，甚至
可以入手不同尺寸搭配各種版型的褲子或裙子。
5000日圓（台幣約1500元以內）左右的喀什米
爾材質給人意想不到的好品質，我每年都會添購
一件。

UNIQLO基本款針織衫 的最佳造型建議

feat. 針織圓領毛衣

FAVORITE COORDINATE

**白色×藍色的清爽感！
三明治穿搭術**

內搭的襯衫和褲子搭配相同色
系，再加上白色針織衫的三明
治穿搭術，是我經常利用的造
型技巧。將襯衫的下擺和領子
顯露出來也是造型重點。

Uniqlo's middle gage
sweater

CASUAL ⟨- -

**想將迷彩穿出成熟又
可愛的感覺那麼就要以
白色做為基本色！**

可以説是休閒風格代表的迷
彩圖案，如果搭配白色單品
則能展現透明潔淨印象。利
用適合搭配墨綠色的桃紅色
皮包讓造型更完整。

襯衫：無印良品
褲子：NOMBRE IMPAIR
項鍊：BEAMS
太陽眼鏡：GU
手鍊：GU、手作品
包：Via Pepubblica
絲巾：二手店購入（￥1000日圓）
鞋：CONVERSE

短褲：Remake
項鍊：CHAN LUU
包：ZARA
手鍊：CHAN LUU
鞋：AmiAmi

棉質的圓領衫是從春天到秋天、不管有多少件都派得上用場的百搭單品，造型大多偏向成熟正式風格的人可以選擇輕薄的細針織，想要穿出休閒感的人則建議略粗的針織款式，顏色的話我選擇的是任何造型都能搭配的白色。

夏天時可以披在肩上
當作白色的造型重點色！

穿著背心對於雙臂感到在意時，我會建議在肩膀上披一件相同顏色的針織衫，這樣一來不會影響上半身的線條，還能夠成為造型重點。

能夠讓造型展現適度休閒感
粗針織衫的魔術

會大大提升造型正式感的美人魚裙，搭配粗針織衫後巧妙融入休閒風格，斜背的皮包也是減少整體造型過於正式的穿搭技巧。

FORMAL

上衣：GU
褲子：GAP
項鍊：Lavish Gate
手錶：Daniel Wellington
手鍊：Banana Republic
手環：H&M
包：しまむら
鞋：ORiental TRaffic

裙子：GU
項鍊：Lattice
手環：H&M
包：出國旅行時購入（￥1400日圓）
圍巾：ALTEA
靴子：L'autre chose

搭配 UNIQLO 基本款針織衫 的各種造型

1：盡量簡化上半身可取得造型好比例

2：披在肩上的黑色衣服和黑色鞋子集中整體造型印象

Uniqlo's black cardigan

3：將讓人在意的肩膀和雙臂遮掩得很有氣質品味

4：粉紅色裙子搭配黑色上衣穿出冷酷感！

VARIATION 1

黑色圓領針織開襟外套

可以披在肩上也可以隨意套在外面。
還是造型中具有凝聚效果的重要角色
沉穩的黑色款非常實用

原本就很喜歡黑白灰這類單調色系，搭配明亮色彩的單品時似乎也會加上黑色款式讓造型視覺更有凝聚感，所以黑色開襟外套是我的必備單品。當然在季節變換時期會當作外套穿著，除此之外也會披在肩上做為造型重點，或是隨意套著增添女人味，合身尺寸的圓領開襟外套可以運用在各種造型中。

1：具有份量感的長裙，上半身搭配開襟外套凝聚視覺效果，讓整體造型擁有好比例。
裙子：しまむら 內搭的T恤：無印良品 手錶：Daniel Wellington 包：出國旅行時購入（￥4000日圓） 圍巾：Wild Lily 鞋：CONVERSE

2：牛仔襯衫和白色褲子的傳統造型組合，加入開襟外套和鞋子當作造型重點。
襯衫：GAP 褲子：UNIQLO
太陽眼鏡：Forever21 包：MARCO MASI
鞋：出國旅行時購入（￥3000日圓）

3：只穿一件細肩帶樣式的連身服時，可以利用開襟外套遮住露出的肌膚。
連身服：梨花 帽子：idee 包：出國旅行時購入（￥1400日圓） 涼鞋：SEE BY CHLOE

4：以黑色為主的造型可以加入一件顏色明亮的單品，這樣一來即使是夏天也不會讓人有沉重的感覺。
坦克背心：UNIQLO 裙子：ZARA 帽子：idee
太陽眼鏡：Tiger 包：出國時購入（￥1400日圓） 涼鞋：SEE BY CHLOE

1：以灰色高領針織衫表
現成熟大人的正式感

Uniqlo's
turtleneck sweater

2：也非常適合搭配
過膝裙♪

Trench coat
× Turtleneck

3：風衣×橫條紋
是冬季的不敗造型

4：搭配白色高領針織衫要
稍微露出內搭的衣服讓
造型有重點

VARIATION 2

高領針織衫

因為是直接接觸脖子的針織衫
所以必須選擇材質良好的款式。
UNIQLO可以找到價格親民又令人安心的商品

如果高領衫的材質穿起來會讓人感到刺癢不舒服，
那麼不管多便宜我都不會穿。黑色或橫條紋的樣式
我會選擇貼身的羅紋材質，而白色則是材質較薄的
精紡美麗諾羊毛。而我的穿搭規則大多數是，下半身
搭配寬版款式時上半身就選擇合身的羅紋材質，如
果是窄版樣式就搭配美麗諾羊毛。

1：如果內搭上衣是灰色款式，那麼搭配洋裝也不
會顯得孩子氣，還能呈現恰到好處的正式感。
洋裝：E hyphen 包：ZARA 圍巾：UNIQLO
靴子：L'autre chose

2：合身俐落的上半身可以搭配A字裙，營造出整
體造型的好比例。
裙子：ZARA 包：ZARA 鞋：FABIO RUSCONI

3：看起來非常普遍的造型因為搭配了高領部分具
有皺褶感的上衣而成為造型重點，也十分適合
搭配襪子。
風衣：ANGLOBAL SHOP 褲子：ZARA 包：出國
旅行時購入 手錶：Daniel Wellington
襪子：tutuanna 鞋：FABIO RUSCONI

4：在白色的美麗諾羊毛針織衫中搭配灰色上衣的
多層次穿著，稍微露出下擺成為造型重點。
褲子：UNIQLO 圍巾：Glen Prince
項鍊：CHAN LUU 手環：H&M
手錶：SEIKO 包：MODALU
鞋：FABIO RUSCONI

しまむらの當季流行款超便宜！

不需要特別鎖定目標

就當作挑選福袋般的感覺享受購物樂趣。

しまむら(SHIMAMURA)的MUST BUY 1

———

LOGO
T恤

無論是字體大小或書寫體種類
在這裡可以找到很多令人滿意的LOGO T！
選定的款式目標是沉穩單調的色系。

我在購物之前都會先想好具體的樣式，例如「這種
款型」或是「這樣的顏色」等，唯獨前往しまむら
時例外，因為這裡的價格真的便宜得驚人，只有這
裡可以在沒有計畫下隨意前往逛逛，然後放膽衝動
購買！しまむら還有一個魅力，就是雖然商品非常
便宜，但是卻很少會跟別人撞衫，特別是印有
LOGO的T恤和厚棉上衣，款式都不會過於孩子氣，
只要選擇容易搭配的單調色系一定可以成為實用百
搭款！如果是LOGO印花帶點斑駁感的款式，看起
來具有懷舊風格讓人忽略廉價的品質。

しまむらLOGO T恤 的最佳造型建議

feat. 灰色長袖LOGO T

FAVORITE COORDINATE

**運用尖頭高跟鞋
消除造型的隨便感！**

如果搭配的是休閒鞋，那麼
就會給人一種只是下樓買東
西的感覺，但是如果選擇的
是漂亮的尖頭高跟鞋，看起
來是不是就有一種「精心搭
配的T恤造型」感覺呢？！
太陽眼鏡也是造型效果喔！

With
GU's Jacket

**搭配休閒風格造型時
也不能忘記展現女性美**

搭配休閒風格的造型時，可以添
加項鍊和毛球圍巾等配件提升女
子度。或是將上衣前下擺塞進短
褲中露出皮帶也是一個好技巧。

CASUAL

外套：GU
短褲：UNIQLO
項鍊：手作品
耳環：GU
皮帶：GU
手錶：CASIO
手鍊：手作品
包：L.L.Bean
圍巾：UNFIT femme
鞋：CONVERSE

繫在腰上的襯衫：UNIQLO（童裝）
褲子：ZARA
內搭的坦克背心：出國旅行時購入（￥2000日圓）
太陽眼鏡：GU
手錶：CASIO
手鍊：united bamboo
包：Via Repubblica
鞋：二手店購入（￥500日圓）

與其白色，建議選擇更有時尚感的灰色LOGO T。我喜歡寬領的設計可以露出內搭的坦克背心，以及帶有斑駁感的LOGO印花款式。在整體造型中搭配高跟鞋或顯眼的項鍊等漂亮配件，看起來就不容易讓人有廉價的印象了。

以黑色和灰色統一
就能呈現些許時尚感

搭配皮革包（合成皮）和動物紋的涼鞋更添造型辛辣度，我還加上水藍色的圍巾當作重點色，但是可以依照個人喜好調整。

搭配裙子和正式風格配件
是技巧更升一級的休閒造型

令人意外很適合搭配在一起的是充滿女性感的過膝裙，展現屬於成熟大人的休閒造型。另外，搭配休閒鞋和托特包或許也不錯喔！

FORMAL

褲子：GU
耳環：GU
手環：H&M
包：しまむら
圍巾：Wild Lily
鞋：carino

披在肩上的開襟外套：UNIQLO
裙子：ZARA
項鍊：手作品
耳環：手作品
手鍊：貴和製作所
包：出國旅行時購入
涼鞋：Spick & Span

搭配 しまむらLOGO T恤 的 各種造型

Shimamura's Logo T-shirt

1： 搭配校園風風T恤的 道地學生風格造型

3： 搭配正式風格單品的 混搭造型也很出色！

2： 將上衣塞進短褲中 再把袖子捲起來的 簡潔風格

4： 基本的休閒風格可 以搭配編織包給予 整體造型差異感。

VARIATION 1

短袖T恤

將T恤當作主角的造型
為了不顯得孩子氣
建議選擇沉穩的顏色

在しまむら購買T恤時，基本上我都是選擇白色、黑色、灰色、深藍色，因為如果是明亮的色系，不太容易找到類似高級品牌般的設計感，但是如果是沉穩色系，就不會讓人感覺是平價品牌的商品。除此之外，我覺得還能讓以T恤當作主角的休閒造型看起來有成熟大人的印象。

1： 深藍色的學院風T恤搭配中央壓線設計的褲子展現正統學院風格造型，圍上輕薄的圍巾營造立體感。
　　褲子：UNIQLO 圍巾：UNFIT femme
　　包：Via Repubblica 鞋：FABIO RUSCONI

2： T恤搭配短褲時必須讓整體造型展現俐落感，所以可以將上衣前下擺塞入褲中，再將袖口捲起。
　　短褲：Remake 帽子：PANAMA HAT
　　包：Via Repubblica 鞋：FABIO RUSCONI

3： 搭配深藍色西裝外套和中央壓線設計的褲子降低休閒感，能夠決定造型風格的因素就是這件深藍色的T恤。
　　西裝外套：UNIQLO（IDLF） 褲子：UNIQLO
　　太陽眼鏡：GU 包：ZARA 鞋：AmiAmi

4： 如果想搭配羽絨背心展現100%的休閒風格，那麼就選擇編織包讓造型增添一點甜美印象。
　　羽絨背心：GAP 裙子：UNIQLO 包：De l'atelier
　　EIN 圍巾：Wild Lily 鞋：CONVERSE

Shimamura's
Long sleeve-T

4：休假時很期待的時尚系
休閒造型

3：細字體LOGO＋
長版開襟外套是否
很有名媛風(?)

1：灰色非常適合搭配正式
風格的鞋和皮包

2：以丹寧材質為基礎
搭配而成的休閒風
格造型！

With GU's cardigan

033

しまむら(SHIMAMURA) ―― T-SHIRTS

VARIATION ②

長袖T恤、厚棉上衣

要有只穿一季的心理準備。
商品售出的速度很快
喜歡的話就要馬上決定。

長袖T恤或厚棉上衣這類的單品，我也是在しまむら
尋找可愛LOGO設計的款式，但是厚棉上衣的單價會
比T恤稍微高一些，而且為了不特別在意版型崩壞，
我都是在只穿一季的心理準備之下購買。商品的流
通速度很快，喜歡的款式可能一下子就賣掉，所以如
果看到喜歡的LOGO設計一定要立刻決定，這就是在
しまむら購物的訣竅。

1：很適合搭配灰色的亮色系褲子，鞋子選擇的不
是球鞋而是尖頭平底鞋，以及加上正式風格的
皮包提升造型感。
襯衫：無印良品　褲子：UNIQLO　眼鏡：Zoff
包：Modalu　鞋：FABIO RUSCONI

2：同為丹寧材質的多層次穿著帶有今年的流行
感，大膽搭配成熟正式風格的皮包和絲巾，享
受與LOGO T截然不同的混搭樂趣。
內搭的襯衫：出國旅行時購入
牛仔褲：UNIQLO　包：しまむら
絲巾：二手店購入　鞋：SHOWROOM

3：除了休閒風格之外，還能搭配出這種名媛風(?)
造型，都是因為手寫風格的細字體LOGO設
計，或許讓人不相信這是「しまむら」的商
品？！
開襟外套：GU　褲子：H&M
包：出國旅行時購入　涼鞋：Spick & Span

4：如果要搭配輕鬆款式的褲子，在整體休閒風格
中也要營造出時尚氛圍，編織包也非常適合搭
配在一起！
褲子：Kastane　包：De l'atelier EIN
鞋：CONVERSE

しまむら(SHIMAMURA)的MUST BUY 2

皮包

因為想要與各種衣服的顏色和款式完美搭配
所以皮包要以數量決勝負！
即使是合成皮也不需要在意。

我喜歡利用配件替基本色系和款式設計的衣服增
添變化，所以皮包就和飾品一樣希望越多越好，
在しまむら可以找到許多適合搭配造型的流行款
式，而且價格真的非常便宜，只要看到喜歡的商
品就會毫不躊躇趕快入手，しまむら的商品流通
十分快速，如果多加猶豫經常就賣掉了，所以必
須速戰速決。雖然材質是合成皮革，但是因為不
容易留下使用痕跡，經常使用也能保持完好狀
態，對我來說使用起來相當輕鬆自在！

FAVORITE COORDINATE

休閒與成熟的混搭風格
運用顏色給予統一感

女孩風格的裙子和成熟款式
的皮包以LOGO T和休閒鞋
增添休閒感，只要以黑灰色
系統一的話就不會令人感到
突兀。

將皮包斜背，讓牛仔褲
看起來是更升一級的穿搭術

只有這種款式設計的皮包就算斜
背也不會讓人感覺孩子氣！搭配
同色系的高跟鞋，更增添了石洗
牛仔褲在造型中的質感。

CASUAL

T恤：先生的私有物品
裙子：しまむら
帽子：PANAMA HAT
圍巾：UNIQLO
手鍊：Lavish Gate、手作品
鞋：CONVERSE

上衣：無印良品
襯衫：無印良品
牛仔褲：ZARA
項鍊：Lavish Gate
手錶：Daniel Wellington
手鍊：CHAN LUU
鞋：ORiental TRaffic

在友人的部落格中看到，並且一見鍾情的這款皮包，我選擇
的是具有質感的灰棕色，而且居然只要2900日圓（約台幣800
元）左右。雖然看起來比較適合搭配在偏正式感的造型中，
但是和牛仔褲或休閒鞋搭配在一起也能大幅提升時尚感喔！

**因為是灰棕色所以適合
搭配任何顏色的服裝**

除了棕色系的配件之外，
搭配動物紋涼鞋或是黑色
高跟鞋都能擁有整體感，
附上揹帶肩背時也能提供
造型一個重點。

**配件以棕色系統一
就能營造出如此的優雅感！**

與年齡或服裝的價格無關，穿在
任何人身上都能展現時尚感的棕
色系漸層穿搭術。圍巾的重點色
效果則能夠提升華麗感。

FORMAL

開襟外套：ZARA
T恤（白色）：無印良品
內搭的坦克背心（亮片）：出國旅行時購入
（￥2000日圓）
褲子：UNIQLO
太陽眼鏡：GU
手錶：Daniel Wellington
手鍊：united bamboo
圍巾：Jungle Jungle
靴子：SARTORE

短衫：GU
褲子：BLISS POINT
圍巾：UNFIE femme
手環：H&M、GU
手鍊：GU
涼鞋：Carino

Shimamura's
clutch bag

2：白領＋襪子
＋洋裝的
模範生造型

4：將包包當作主角的
傳統造型風格

1：出乎意料的也很適合
搭配時尚風格

3：橫條紋和包包的
深藍×白色
是造型重點

VARIATION 1

LOGO印花設計手拿包

搭配成熟正式風格的服裝時
更能夠深深突顯
這份休閒感！

就算是棉質上衣搭配牛仔褲的簡單造型，加上這款
手拿包就能巧妙展現今年的時尚感，看看全身的整
體造型，感覺缺少什麼時我就會加上這款包包。學
院風格的LOGO刺繡除了很適合休閒造型，也可以在
正式造型中加入不一樣的元素。和選擇T恤時的原則
相同，為了看起來不廉價，包包也是白色×深藍色的
款式。

1：搭配於偏時尚風格的造型中，是不是覺得給人
休閒印象的LOGO看起來也充滿藝術氣息呢？
上衣：Ray Cassin 褲子：ZARA 項鍊：手作品
鞋：FABIO RUSCONI

2：搭配洋裝呈現古老電影中的模範生氛圍，襪子
和學院風格的LOGO是完美組合！
洋裝：RETRO GIRL 手上的外套：GU
鞋：BELLINI

3：我非常喜歡的藍色×白色組合！將和LOGO包
相同顏色的橫條紋上衣當作造型重點。
襯衫、裙子：皆為GU 帽子：PANAMA HAT
披在肩上的上衣：UNIQLO 裙子：GU
鞋：ORiental TRaffic

4：襯衫與包包的配色有大致上的連結，再加上眼
鏡增添傳統感。雖然也可以搭配白色褲子，但
是我選擇粉紅色讓整體造型的感覺更柔和。
襯衫：先生的私有物品 褲子：GAP 眼鏡：Zoff
鞋：FABIO RUSCONI

1：CONVERSE的鞋
和托特包是
絕佳組合！

Cotton tote with
green bandanna

4：讓托特包背後的樣式
展現於前，和鍊帶包
搭配在一起

2：利用牛仔褲和托特
包打破豹紋上衣擁
有的造型感

3：顏色沉穩有氣質的
絲巾是造型重點

Shimamura's
cotton tote

VARIATION 2

棉質托特包

我很喜歡しまむら的LOGO設計商品♪
和小型包搭配在一起拿在手上，
也能讓整體造型更漂亮喔！

我經常將小型包當作配件一般使用，所以當東西很
多的時候就需要另一個包包。雖然我很喜歡雜誌附
贈的托特包，但是如果在しまむら看到可愛的款式
就會馬上入手，也就是我喜歡的單色調LOGO設計
款。寬底部的樣式可以收納許多物品，還能揹在肩
上十分優秀實用♪也很適合當作成熟風格造型中降
低正式感的配件。

1：因為工作需要頻繁移動時的造型，棉質托特包
和CONVERSE鞋是絕佳組合，但是為了不過於休
閒，搭配寬版褲。
針織衫、圍巾：皆為UNIQLO　褲子：earth
music & ecology　鞋：CONVERSE

2：豹紋上衣搭配較黑色略淺的深藍色牛仔褲，再
加上托特包更加深化造型的休閒感。
上衣：H&M　牛仔褲：UNIQLO　太陽眼鏡：H&M
鞋：CONVERSE

3：搭配稍顯成熟風格的深灰色連身衣時，為了不
讓造型過於單調，加上絲巾給造型重點。
連身衣：H&M　內搭的坦克背心：出國旅行時
購入　涼鞋：SEE BY CHLOE

4：搭配鍊帶包時，將LOGO的另一面當作正面，
再搭配一雙成熟風格的高跟鞋，讓造型不會過
於休閒。
襯衫：UNIQLO（童裝）　褲子：ZARA　太陽眼
鏡：GU　包：出國旅行時購入　鞋：FABIO
RUSCONI

在**GU**看到的流行款式

每一件都不到台幣1500元！

在這裡可以尋找一件讓造型展現當季時尚感的

服飾。

GU的MUST BUY 1

基本
休閒款

不必擔心弄髒或破損
想要頻繁搭配於造型中
就在比任何品牌都便宜的GU尋找。

或許有許多人認為GU是針對10～20歲世代的年
輕人所設定的品牌，但是例如T恤或是貼腿褲等
是不分年齡世代也與流行無關的基本款，每個人
都應該擁有這類基本款服飾並且放心的經常搭配
於造型中，這樣才能稱之為「基本款」，所以我
選擇在價格比任何品牌便宜的GU購買，就連外
套的價格也不會超過5000日圓（台幣約1500元
以內）並且是令人安心的好品質，所以只要路過
就會進去看看！

GU基本休閒款 的最佳造型建議

feat. 羅紋針織洋裝

FAVORITE COORDINATE

**利用羽絨背心和圍巾
營造顯瘦並修長的效果！**

羽絨背心可以完全遮掩令人
在意的小腹和腰部周圍，利
用圍巾將視覺焦點往上移，
就算是嬌小的人也可以穿出
時尚感！

With L.L.Bean
tote bag

CASUAL

**襯衫的領子和花紋裝飾
增添傳統風格的造型感**

搭配襯衫的多層次穿法營造
休閒風格，對於金屬飾品過
敏或是有幼兒不方便穿戴項
鍊的人，我推薦這類有視覺
效果裝飾的款式。

背心：GAP
圍巾：母親的舊有物品
手錶：CASIO
手環：GU
包：手作品
鞋：MAISON ROUGE

襯衫：GU
眼鏡：Zoff
手錶：Daniel Wellington
包：L.L.Bean
圍巾：Jungle Jungle
靴子：L'autre chose

樸素的針織洋裝是能夠營造出任何風格的萬能選手，今年各品牌也推出許多長度至膝下的款式。而針織洋裝最令人在意的就是穿上後原形畢露的小腹，這個時候只要繫上一條皮帶或是加上一件外套就沒問題囉！

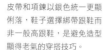

凸出的小腹可以繫上皮帶
並拉出寬鬆感遮掩

皮帶和項鍊以銀色統一更顯俐落，鞋子選擇綁帶跟鞋而非一般高跟鞋，是避免造型顯得老氣的穿搭技巧。

GU's blue
knit dress

- > FORMAL

絲巾＋高跟鞋
看起來是不是像個名媛？！

想要只穿一件洋裝展現優雅氣質時，就選擇以絲巾增加女人味的穿搭術，搭配沉穩色系高跟鞋看起來就更像個名媛了。

項鍊：BLISS POINT
皮帶：UNIQLO
手鍊：貴和製作所
包：Via Repubblica
圍巾：手作品
鞋：FABIO RUSCONI

絲巾：二手店購入（￥1000日圓）
項鍊：手作品
手鍊：Banana Republic、JUICY ROCK
包：GU
鞋：ORiental TRaffic

搭配 GU 基本休閒款 的各種造型

GU's Colored shirt
with Trench coat

3：色彩明亮的襯衫
和灰色是不變的
最佳組合

1：輕薄的材質
搭配在夏天造型中
也能很涼爽

2：搭配在風衣內
稍微顯露出明亮的
色彩

So good with
grey skinny jeans

4：搭配超長裙時
可以將襯衫下擺
打個結！

VARIATION 1

彩色襯衫

訣竅就是選擇
「普通」的顏色。
親民的價格可以買齊好幾個顏色！

可以當作外套或是披在肩上，還具備重點色效果的彩色襯衫，是想要備齊多種顏色的單品，在GU可以找到一件1500日圓（約台幣400元）左右的商品，能夠毫不猶豫的入手喜歡的顏色，這樣的價格可以讓人放心嘗試從未挑戰過的顏色，基本款式的襯衫看起來沒有廉價感，而且就算撞衫也不在意。

1：部落格讀者教我的墨綠色×黃色組合，我非常喜歡喔！
褲子：ZARA 帽子：idee 眼鏡：Zoff
包、涼鞋：皆為Spick & Span

2：風衣＋襯衫＋LOGO T是我的基本穿搭模式，將T恤的LOGO和牛仔褲的石洗設計當作造型重點，加上襯衫讓整體造型更顯深度。
風衣：ANGLOBAL SHOP T恤：先生的私有物品
牛仔褲：ZARA 鞋：ORiental TRaffic

3：對於色彩明亮的服裝我總是搭配白色褲子或牛仔褲，令人意外的和灰色搭配在一起也是不會出錯的選擇。
牛仔褲：H&M 披在肩上的針織衫：UNIQLO
包：L.L.Bean 鞋：FABIO RUSCONI

4：搭配超長裙時可以將襯衫下擺打結，如此一來整體造型比例就會更好，再搭配一雙球鞋展現休閒風格。
裙子：しまむら 包：De l'atelier EIN
鞋：CONVERSE

GU's military jacket

3：搭配流行的寬版褲
是充滿新鮮感的造
型！

2：格紋襯衫和
白色褲子的
經典組合

4：俐落的縱長線條
具有顯瘦效果！

1：上下都是丹寧材質的
單品時，就要搭配款
式漂亮的跟鞋！

ZARA's
gaucho pants

VARIATION 2

軍裝外套

在部落格中大受好評的一件單品。
因為太喜歡了，
所以我經常搭配在任何造型中

從初春到初秋都可以穿的厚棉材質，版型是可以遮
至腰部周圍的長度，居然只要1490日圓（約台幣400
元）！原本的樣式是I線條的版型，如果調整腰部鬆
緊帶就可以變成χ線條的版型。我會搭配石洗牛仔
褲展現休閒風格，或是選擇柔軟材質的寬版褲將不
同風格的單品混搭結合，實用的程度讓人大大滿
足，今年也打算經常搭配於造型中！

1：雖然軍裝風格十分適合搭配牛仔褲，但是卻容
易淪於過度休閒，這時就要選擇尖頭跟鞋增添
女人的成熟韻味。
襯衫：出國旅行時購入　牛仔褲：ZARA　太陽眼
鏡：GU　包：L.L.Bean　鞋：FABIO RUSCONI

2：黑色細格紋和白色長褲是任何人都能穿出好比
例的組合，如果能夠搭配白色高跟鞋，就可以
為整體造型帶來輕盈印象。
襯衫：GU（男裝）　牛仔褲：UNIQLO　太陽眼
鏡：GU　包：MOYNA　鞋：AmiAmi

3：令人意外也很適合搭配具有優雅氣質的柔軟材
質寬版褲，針織衫的線條和其他黑色配件讓造
型更有整體凝聚感。
針織衫：UNIQLO　褲子、包：皆為ZARA　鞋：
BELLINI

4：搭配小圓點短褲呈現休閒風格的造型，再加上
麻布材質的襯衫營造明亮感。
襯衫：UNIQLO　短褲：H&M　帽子：idee　包：出
國旅行時購入　涼鞋：Spick & Span

GU的MUST BUY 2

小奢華
時尚服飾

帶有設計感的時尚款式也很便宜！
選擇沒有廉價感
基本款式設計的單品。

在平價服飾品牌中，能夠快速掌握流行趨勢的就
是GU。在GU可以找到時尚雜誌中看到並且想要
入手的款式設計或是帶有時尚流行感的單品，而
價格低廉是最大的魅力。雖說如此，還是要小心
有些過度個性化的顏色或圖案等平常不會選擇的
單品，有可能看起來就是質感不佳的廉價商品。
所以在選擇時必須注意除了具備流行的版型和設
計之外，還是要以款式簡單的基本款為主，如此
才適合搭配自己現有的服裝，而且就算價格便宜
也能具備沉穩的好質感。

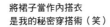 GU小奢華時尚服飾 的最佳造型建議

feat. 3WAY短衫&吊帶寬版九分褲

FAVORITE COORDINATE

**將裙子當作內搭衣
是我的秘密穿搭術（笑）**

將腰圍是鬆緊帶的裙子穿至胸
前再露出裙襬，整體深藍色的
造型不僅營造出立體感和深
度，也能掩飾身材的缺點。

**寬鬆版型的上衣
搭配貼腿褲顯現俐落感**

搭配格紋的白色線條，整體以
白色統一，再加上駝色給予造
型重點，呈現成熟大人風格。
內搭的是和上衣同組的單品。

CASUAL ⟨- -⟩ FORMAL

褲子：UNIQLO
圍巾：UNFIT femme
項鍊：CHAN LUU
包：Michele & Giovanni
手鍊：GU、Lavish Gate
鞋：COLE HAAN

裙子：BLISS POINT
當作內搭衣的裙子：GU
帽子：PANAMA HAT
手錶：Daniel Wellington
手鍊：GU
包：Spick & Span
涼鞋：PEPEROSA

很有今年風格的格紋短衫以及寬版的九分吊帶褲，兩款皆是
柔軟的材質，如何穿出女人味是造型重點。這時候反而適合
搭配基本傳統款式的服裝，適時讓造型給人一種「就是有點
時尚」的感覺。

**將褲子當作造型主角時
其他單品就必須是極簡設計**

在造型中十分搶眼的吊帶
褲，即使搭配款式設計簡單
的T恤也能充滿流行感。飾
品同樣選擇簡單的基本款，
以俐落感決勝負！

**將柔軟材質的米色吊帶褲
搭配出恰到好處的休閒感**

帶有小奢華感的米色吊帶褲搭
配厚棉材質的橫條紋上衣帶來
新鮮感！同樣地包包也選擇正
式感和休閒感的兩款，享受混
搭風格的造型樂趣。

CASUAL ⟨----------------------------⟩ FORMAL

上衣：無印良品
項鍊：手作品、agete
手環：H&M
包：L.L.Bean、出國旅行時購入
鞋：出國旅行時購入（￥3000日圓）

T恤：無印良品
耳環：友人的手作品
項鍊：手作品、agete
包：MOYNA
手錶：禮物
手鍊：united bamboo、GU
鞋：二手店購入（￥500日圓）

搭配 GU小奢華服飾 的
各種造型

1：只將前下擺塞進裙子
裡就能翻轉造型印象

2：駝色非常適合搭配
淺粉紅色！

3：以駝色為主角的
成熟大人牛仔褲造型

GU's dolman
sleeve knit

4：搭配搶眼的項鍊
營造名媛風格

VARIATION 1

駝色的斗篷袖針織衫

搭配任何款式的褲子或裙子
都能讓人嗅到流行氣息的造型。
我也曾經推薦給年紀稍大的長輩

寬鬆版型的斗篷袖是穿上後就能感受到漂亮垂墜感
的款式，特價時大概690日圓（約台幣200元）左右。
流行款式如果色彩鮮豔就會讓人覺得孩子氣，所以
我會選擇顏色樸素的款式，沒有其他細微的裝飾設
計也是看起來不像平價商品的條件。我也曾經將這
件針織衫推薦給長輩喔！

1：只將前下擺塞進裙子中，看起來簡直就像別款
衣服！而且讓人感覺更加時尚了。
裙子：GU 太陽眼鏡：居家雜貨店購入 手環：
H&M 包：しまむら 鞋：FABIO RUSCONI

2：下半身非常適合搭配淺色系單品，在這之中特
別喜歡的是淺粉紅色褲子，溫柔的氛圍讓整體
造型呈現女性美！
褲子：GAP 包：Michele & Giovanni 項鍊：手作
品 太陽眼鏡：居家雜貨店購入 涼鞋：carino

3：這種寬鬆感最適合搭配貼腿褲，配件就連手錶
的錶帶都以咖啡色系統一。
牛仔褲：UNIQLO 帽子：PAHAMA HAT 手錶：
禮物：MICHEL Beaudouin 鞋：ORiental
TRaffic

4：款式搶眼閃閃發亮的項鍊，如果搭配駝色上衣
就能展現質感，減少整體造型的顏色也是提升
氣質的技巧。
褲子：UNIQLO 項鍊：Lavish Gate 包：Spick &
Span 鞋：COLE HAAN

GU's
suspender pants

1：搭配男裝針織衫呈現
男裝風格的造型！

2：舊有的襯衫重新擁
有新鮮表情！

3：優雅的短衫
減少整體造型的
休閒感

4：適度緩和羅紋針
織衫的貼身感

VARIATION 2

黑色的吊帶褲

搭配手邊現有的簡單款式上衣
就可以完成具有當季流行度的造型。
高腰的版型線條也是此款褲子的魅力

單身時買的黑色吊帶褲已經有點破損了，所以這件
是以訂價再度購入的，應該是1990日圓左右（約台幣
550元）。款式重點是可以穿出成熟大人感覺的上寬
下窄版型，以及吊帶是可拆式的設計，所以能夠當作
一般高腰褲穿著，具有兩倍的實用性。因為吊帶本
身就能讓造型十分搶眼，所以上衣盡可能搭配簡單
的款式，我經常都是以輕鬆的造型呈現。

1：商借先生的針織衫，男裝獨特的領口形狀更是
大大增加吊帶褲的男裝造型印象，圍巾則是造
型中的重點亮色。
針織衫：先生的私有物品 圍巾：Wild Lily 手
環：H&M 包：ZARA 鞋：Bellini

2：襯衫是幾年前購入的直條紋基本款，利用吊帶
褲的顯眼度讓造型呈現出時尚表情。
襯衫：UNIQLO 太陽眼鏡：居家雜貨店購入
包：De l'atelier EIN 鞋：FABIO RUSCONI

3：以強烈男裝風格的吊帶褲減少成熟上衣所呈現
的女人味。
短衫：ZARA 帽子：PANAMA HAT 項鍊：BLISS
POINT 包：出國旅行時購入

4：貼身的羅紋針織衫搭配男性風格強烈的吊帶褲
就不會過於性感，橫條紋成為造型中的重點並
且提升時尚感。
針織衫：UNIQLO 眼鏡：Zoff 包：しまむら 圍
巾：Jungle Jungle 靴子：L'autre chose

Yoko says:

在無印良品尋找品質良好
又耐看的基本正統風格
款式設計。

無印良品的MUST BUY

襯衫

水洗之後呈現出可愛色澤的
有機棉材質。
顏色和版型都是最佳實用款式。

雖然在平價品牌中訂價略高，但是因為擁有絕佳
材質，如果想要長時間穿著的話，無印良品的商
品絕對擁有高CP值。我推薦的款式是襯衫，在這
之中特別要介紹的是兩年前在無印良品特價期間
以2000日圓（約台幣550元）購買的「有機棉水
洗襯衫」，從那個時候開始這款襯衫就成為我衣
櫃中的基本班底。而最近又發現了款式不同的
「有機棉圓領襯衫」，這讓穿搭的造型風格更加
寬廣了！除此之外，細格紋襯衫也很實穿喔！

無印良品襯衫 的最佳造型建議

feat. 有機棉圓領襯衫

FAVORITE COORDINATE

因為圓領才能夠呈現
成熟大人的女孩休閒風格

平常總是搭配一般款式的襯衫，
但是如果換成圓領的款式就能增
加那麼一點女孩兒的感覺，將袖
口捲起露出手腕也是提升女子度
的訣竅。

CASUAL

獨特的潔淨感
下半身搭配彩色褲展現個性

一直給人華麗鮮豔印象的色
彩，如果搭配具有個性質感
的襯衫就能呈現潔淨感的造
型。誇張的項鍊也非常適合
此造型。

披在肩上的上衣：H&M
褲子：UNIQLO
帽子：PAHAMA HAT
包：GU
皮帶：GU
鞋：CONVERSE

短褲：UNIQLO
項鍊：Lavish Gate
圍巾：UNIQLO
皮帶：UNIQLO
包：Spick & Span
涼鞋：Spick & Span

發現了非常喜歡的「有機棉襯衫」的圓領款式！圓領獨特的
古典印象讓造型呈現溫暖氛圍，能夠讓一直以來的造型增添
些許甜美感。也非常適合搭配時下流行的寶石風項鍊，讓人
獲得穿搭的滿足感。

*Classical coordinate
With MUJI's white shirt*

上下皆為黑色的成熟造型
也能以柔和印象呈現

因為是圓領的款式，所以不像一
般襯衫的線條過於俐落，是充滿
女性美感的款式，配件搭配的則
是比黑色柔和的駝色系。

FORMAL

古典風格的印象
是改變整體造型感的助力

讓簡單的洋裝造型增添古典
氣息，這就是圓領襯衫的真
實力！白色的重點色效果讓
臉頰周圍更加明亮，增加好
感度。

洋裝：RETRO GIRL
項鍊：手作品
手鍊：Lavish Gate
褲襪：copo
圍巾：母親的舊有物品
包：GU
鞋：BELLINI

針織衫：UNIQLO
裙子：GU
項鍊：BLISS POINT
圍巾：Jungle Jungle
包：しまむら
鞋：ORiental TRaffic

搭配 無印良品 水洗襯衫 的 各種造型

With Shimamura's skinny pants

MUJI's denim jacket

2：將內搭的灰色
當作重點色♪

3：將單側的下擺
塞進褲子裡
展現輕鬆感！

1：丹寧×丹寧的強烈
印象運用襯衫調和

4：不會變成OL印象的
裙裝造型

VARIATION 1

單穿一件的造型

能夠當作主角的原因是
具有透明感的純白色
以及理想的張力感和版型

「有機棉水洗襯衫」是我的基本款，版型不會太貼身也
不會太寬鬆，領口和領子的大小適中，單穿一件也非常
可愛。就算下半身搭配顏色樸素的款式，具有透明感
的白色襯衫也能讓整體看起來有明亮感，加上適度的
張力，可以將領子立起來或是打開領口等，能夠在這
些細微處製造穿搭技巧都是此款襯衫的魅力。

1：流行的丹寧×丹寧材質造型，在兩者間搭配襯
衫的穿搭術，初次嘗試時下流行的造型風格也
能輕鬆挑戰。
牛仔外套：無印良品 牛仔褲：UNIQLO 包：
MOYNA 手鍊：GU、CHAN LUU 鞋：二手店購
入

2：打開一半的釦子充分顯露內搭上衣，這是具有
張力的材質才能營造出來的穿搭方式。
坦克背心：UNIQLO 褲子：GAP 包：De l'atelier
EIN 圍巾：UNIQLO 鞋：CONVERSE

3：非常簡單的襯衫＋黑色貼腿褲造型，只要將單
側的下擺塞進褲子中，就能展現適度的輕鬆感
並且大幅提升時尚度。
褲子、包：皆為しまむら 太陽眼鏡：居家雜
貨店購入 手鍊：CHAN LUU 鞋：ORiental
TRaffic

4：將襯衫下擺塞進緊身裙中是時下流行的感覺♪
為了不讓整體印象過於生硬，運用包包和皮帶
增添造型樂趣。
裙子、皮帶：皆為UNIQLO 包：ZARA 鞋：
FABIO RUSCONI

With Uniqlo's cut and sewn

1：米白色針織衫＋襯衫
的白色漸層式穿搭法

2：運用水洗質感
營造出微妙的
造型感

3：以白色領子
增加基本款橫條紋
上衣的造型重點

4：利用寬褲增添時尚感

VARIATION 2

多層次的造型

從針織衫下稍微窺見的
領口、袖口、領子的白色部分
可以取代配件的角色

在臉部周圍出現的白色會讓整體印象看起來更加明
亮，所以有時候也會利用白色襯衫以多層次穿搭法
代替配件。如果內搭的襯衫下襬沒有露出來的話就
不構成造型的重點，但是如果露出太多則會破壞比
例，搭配現有的針織衫或其他上衣，就算只能露出些
許襯衫下襬也是必要的喔！而這款襯衫正好可以滿
足這點要求。

1： 米白色針織衫和純白色襯衫的漸層式造型，將
針織衫前下襬塞進褲子裡製造輕鬆感是造型訣
竅。
針織衫：UNIQLO 牛仔褲：ZARA 包L.L.Bean
鞋：AmiAmi

2： 以深藍色為主的單色造型，搭配襯衫的水洗質
感讓造型增加些許不一樣的表情，將袖口輕鬆
捲起來也是造型的重點。
開襟外套：H&M 褲子：BLISS POINT 帽子：
PANAMA HAT 包：L.L.Bean 涼鞋：出國旅行時
購入

3： 平凡的橫條紋上衣搭配襯衫的多層次穿搭讓造
型多了點新鮮感，利用「不普通」的搶眼配件
營造出造型印象。
上衣、褲子：皆為UNIQLO 太陽眼鏡：居家雜
貨店購入 包：しまむら 鞋：BELLINI

4： 也非常適合搭配流行中的寬褲！配件以白色統
一展現古典的造型印象。
褲子：GU 背心：LOWRYS FARM 手環：H&M
包：ZARA 鞋：AmiAmi

選定ZARA特價時
尋找造型中具有強烈
印象的單品

ZARA的MUST BUY

彩色&
印花款式

過於平凡的造型
需要搭配稍具個性化的單品
我會精選重點少量添購

經常一不小心就讓整體造型呈現過於樸素感覺的
我，為了跳脫這種安全造型，會在ZARA尋找一
些色彩鮮豔或是印花設計的單品。在ZARA可以
看到反映國外頂尖時尚品牌流行商品，找到日系
品牌缺少的時尚系色彩或款式設計。雖說如此，
和其他平價品牌相比，價格是偏高了一些，所以
我不會在這裡購買基本款的商品，只會挑選能夠
搭配自己現有衣服並且增添流行感和搶眼效果的
單品，並且盡量在打折時入手喔！

ZARA印花款式設計 的最佳造型建議

feat. 花朵圖案短褲

FAVORITE COORDINATE

**不管是什麼印花圖案
只要搭配白色襯衫就不會出錯**

不管下半身穿的是什麼印花圖案，
上半身只要選擇白色襯衫就不
會出錯。優雅的花朵圖案大
膽搭配一雙夾腳拖鞋，
就能完成屬於大人的
休閒造型。

**亮色彩＋煙燻色系的
色彩穿搭比例**

將印花圖案的粉紅色帶到的
上衣來，上半身選擇具有煙
燻效果的顏色就可以呈現成
熟大人的感覺。

ZARA's flower
short pants

CASUAL

襯衫：GU
綁在腰上的針織衫：UNIQLO
耳環：友人的手作品
太陽眼鏡：GU
手錶：SEIKO
手鍊：JUICY ROCK
包：Michele&Giovanni
夾腳鞋：havaianas

上衣：出國旅行時購入（￥2000日圓）
項鍊：agete
手環：H&M
包：Spick & Span
涼鞋：出國旅行時購入（￥3000日圓）

水彩畫般的印花圖案很有歐美品牌服飾設計感的短褲，因為
想在夏天的造型中增加色彩鮮明的單品，於是選擇這件短褲
冒險看看。上半身可以選擇褲子印花圖案中的一個顏色做搭
配，眾多色彩的圖案意外地很好搭配。

搭配丹寧材質上衣
呈現恰到好處的「輕鬆感」

能夠將休閒款式的丹寧材質上衣襯
托得如此優雅，這就是花朵圖案的
魔力！如果鞋子和皮包的顏色也能
以花朵圖案中的色彩為選擇對象，
就會更加沉穩時尚。

拼色款式設計的上衣
更加進化花朵圖案的時尚感！

印花圖案短褲搭配黑色上衣是一
直以來的基本穿搭術，今年還多
了拼色設計款式的選擇，寬版的
方形剪裁更有增添整體造型感的
效果。

FORMAL

上衣：西友
項鍊：手作品
手環：GU
包：MODALU
鞋：PELLICO

上衣：BLISS POINT
耳環：Spick & Span
項鍊：BLISS POINT
手環：GU
包：出國旅行時購入
涼鞋：Spick & Span

搭配 ZARA彩色&印花圖案單品 的各種造型

ZARA's
yellow cut and sewn

4：白色×鮮明色彩是
絕對不會出錯的組合

1：是否將下擺塞進去
也會影響褲子或裙
子的造型感

2：將上衣下擺塞進裙
子裡再拉出蓬鬆感
可以讓緊身裙看起
來修長

3：休閒風格的造型
也能飄散奢華感

VARIATION 1

鮮明色彩的上衣

對於造型中較少鮮明色彩單品的我來說
芥末黃絕對是夠新鮮的選擇！
冒險的結果是正確的

讓人印象深刻的鮮明色彩上衣折扣時大約2000日圓
（約台幣550元），這個價格是我覺得應該可以買來
冒險一下的極限價格。輕薄的材質可以當作短衫使
用，而且此款並非無袖，類似法式袖款的小短袖也
讓我很喜歡，單穿一件很可愛，也可以當作重點色的
搭配單品，完全值回票價！

1：搭配略為貼身的短褲時，可以將下擺放出來遮
掩令人在意的腰部周圍，而下擺處可窺見的灰
色坦克背心則讓整體造型更顯深度。
短褲：ANGLOBAL SHOP 包：ZARA
鞋：FABIO RUSCONI

2：搭配反差色的裙子，因為是窄裙的款式，所以
可以運用上衣下擺營造出份量感。
裙子：BLISS POINT 手錶：SEIKO 包：MOYNA
鞋：PELLICO

3：搭配亞麻材質褲子的休閒造型，雖然腳底選擇
的是勃肯鞋，卻散發出奢華氛圍，這都是芥末
黃上衣帶來的效果。
褲子：UNIQLO（IDLF） 包：De l'atelier EIN
圍巾：UNFIT femme 涼鞋：BIRKENS STOCK

4：如果對於鮮明色彩上衣要搭配什麼下半身感到
沒有方向，那麼選擇白色款式就不需要擔心失
敗。白色皮帶和褲子具有統一性，皮包和手錶
則搭配黑色讓整體更有凝聚感。
褲子：Kastane 皮帶：GU
手錶：Daniel Wellington 包：母親的舊有物品
鞋：CONVERSE

1：全身黑色的造型以
皮包的圖案增加造
型重點

My favorite
white coordinate

2：白色×白色的造型
搭配圖案包就不會
過於簡單了！

3：給灰色造型一點
柔和的重點顏色

4：圖案包的顏色和服裝
相互融合呈現造型的
一致感

ZARA's
patterned Bag

VARIATION 2

個性化圖案包

在日系平價時尚品牌中
少見的款式
令人印象深刻的圖案讓我一見鍾情

對於不擅長冒險的我來說，這款是在我的造型中很
少見的大型提花圖案包，因為非常搶眼，所以就算是
一般基本款的衣服，只要加上這款包包就能看起來
很有時尚感，既定的服裝造型也能讓人覺得充滿新
鮮感，所以我非常倚重它喔！就算是大膽誇張的圖
案，只要以茶色或黑色等基調為主就非常好搭配，我
非常推薦可以當作造型中的重點配件！

1：黑色×黑色是我的基本造型，整體黑色的造型
更加襯托出包包的圖案。
上衣：Ray Cassin 裙子：H&M 手錶：Daniel
Wellington 手環：H&M 涼鞋：PELLICO

2：全身以黑色統一也很不錯，但是夏天時我也很
喜歡白色×白色的造型，只要加上圖案包就不
會給人過於安全牌的印象。
上衣：ZARA 褲子：無印良品 項鍊：CHAN
LUU 手鍊：GU、Lavish Gate 鞋：ORiental
TRaffic

3：灰色造型大多數會選擇搭配黑色配件，但是我
也很推薦利用咖啡色系讓整體造型增添柔和
感。LOGO T×圖案包也很有新鮮感。
開襟外套、牛仔褲：皆為H&M T恤：ZARA 靴
子：L'autre chose

4：將圖案包當作主角的造型，整體選擇和圖案包
相同的駝色上衣、茶色以及與黑色相近的深藍
色統一，排除了雜亂感。
針織衫：ANGLOBAL SHOP 褲子：GU 項鍊：手
作品 手錶：禮物 鞋：COLE HAAN

在**H&M**

期待遇見國外流行款式

帶來的造型樂趣。

H&M的MUST BUY

名媛風
上衣

歐美品牌服飾風格
具有奢華感的上衣
可以幫助提升造型的時尚感。

在H&M我首先會挑選的是類似國外名媛身上穿的優
雅風格上衣，特別是尼龍等具有柔軟質感的材質，
或是使用蕾絲設計的短衫，這些都是我覺得很優秀
的款式。歐美品牌服飾的設計感，只要單穿一件就
能營造出奢華氛圍，在不想穿太多件衣服的季節真
是一大幫助。在實體店面中也有許多非當季的服
飾，就算不是馬上就可以穿的衣服，只要我喜歡的
款式設計就會先買回家，放進衣櫃中。

H&M名媛風上衣 的最佳造型建議

feat. A LINE五分袖短衫

FAVORITE COORDINATE

**搭配牛仔短褲
是屬於成熟大人的休閒造型**

具有柔軟度和成熟感的材質，
卻十分適合搭配牛仔短褲，就
算將少部分下擺塞進褲子裡也
能維持A LINE版型，展現女孩
兒氛圍！

H&M's
white blouse

CASUAL

**運用具有銳利感的配件
增添造型的辛辣度**

給人極高好感度的白色×淡粉紅
色組合，運用配件降低甜美感，
流蘇包和動物紋涼鞋增添少許造
型辛辣度。

短褲：Spick & Span
圍巾：UNFIT femme
手錶：Daniel Wellington
包：UNIQLO（IDLF）
涼鞋：BIRKENS STOCK

裙子：H&M
項鍊：CHAN LUU、手作品、agete
包：GIRLS EGG
手環：H&M
涼鞋：carino

單穿一件也十分可愛的短衫，簡單的款式設計卻具備了今年流行元素的A LINE版型，下半身搭配基本款的褲子或裙子都能呈現符合時尚感的造型比例。搭配不同配件呈現各種表情變化的白色短衫，是我每一季都會配合流行元素購入的單品。

A LINE的威力
讓樸素的顏色也能變得奢華！

全身服飾以白色統一並且加上茶色系配件是我的基本造型穿搭，雖然是沉穩樸素的色系，但是只要有A LINE設計的單品就能呈現奢華感又不顯老氣。

- → FORMAL

工作場合也能
呈現優雅的造型印象

在工作場合穿著時就將下半身改成中央壓線設計的褲子，而在冷酷的造型氛圍中又能呈現優雅印象，全都是因為上衣材質的效果。

披在肩上的針織衫：ANGLOBAL SHOP
褲子：URBAN RESEARCH ROSSO
耳環：GU
手錶：Daniel Wellington
手鍊：GU
包：MARCO MASI
太陽眼鏡：GU
鞋：COLE HAAN

褲子：H&M
耳環：Spick & Span
手錶：Daniel Wellington
手鍊：Lavish Gate
圍巾：Wild Lily
包：MODALU
太陽眼鏡：GU
鞋：FABIO RUSCONI

搭配 H&M名媛風上衣 的
各種造型

H&M's lace blouse

1：將棉質運動褲的
「輕鬆感」運用至極致

Good with
Black skinny jeans

2：樸素的顏色組合也不
讓人覺得老氣都是因
為蕾絲上衣的效果

3：和破損牛仔褲搭配在
一起也能很優雅！

4：具有柔和氛圍的
成熟大人白色造型

VARIATION 1

無袖的蕾絲上衣

因為十分搶眼
所以選擇輕鬆&休閒風格
是屬於我的專有穿搭術！

之前總是覺得平價品牌的蕾絲服飾看起來質感不
佳，因此不太願意選擇這類商品，但是我很喜歡這
一件的下擺，所以就購買了，應該是3000日圓（約台
幣830元）左右。因為整件都是蕾絲的設計，給人十
足的甜美感覺，如果再搭配上優雅浪漫的裙子，我
會覺得女孩兒味過於濃厚，所以我反而喜歡選擇牛
仔褲或棉質運動褲等休閒風格的下半身單品。

1：整件蕾絲設計的奢華感上衣搭配總是讓人感覺
是居家服的棉褲，展現絕佳的造型效果。
褲子：UNIQLO 項鍊：CHAN LUU 包：MARCO
MASI 鞋：Pretty Ballerinas

2：搭配緊身裙時，為了不顯老氣所以選擇搭配帽
子和休閒鞋增添休閒感，而整體造型以黑白灰
色調統一。
裙子：H&M 帽子：PANAMA HAT 包：L.L.Bean
絲巾：しまむら 鞋：CONVERSE

3：想要降低蕾絲上衣的奢華優雅感，讓整體造型
呈現休閒風格時，光是搭配貼腿褲還不夠，我
選擇的是有復古感的破損牛仔褲。
牛仔褲：ZARA 包：De l'atelier EIN 鞋：二手店
購入

4：我的白色×白色基本造型。蕾絲的質感和米白
色的柔和感共同呈現優雅的造型印象。
短褲：UNIQLO 項鍊：Lattice 包：MOYNA
手環：H&M 鞋：ORiental TRaffic

H&M's
leopard pattern blouse

1：搭配深藍色就能讓
豹紋圖案顯得高雅

2：運用吊帶褲
讓整體造型
呈現休閒風格！

3：以太陽眼鏡和披在
肩上的單品展現名
媛風♪

4：整體以駝色統一
並將豹紋當作主角

VARIATION 2

豹紋印花圖案短衫

總是讓人覺得華麗的豹紋
如果減少圖案面積
就容易挑戰了吧！

能夠讓人察覺流行感，又不需要以多層次穿著呈現
的印花圖案上衣，擁有一件絕對方便於穿搭時使
用。雖然這件是豹紋圖案，但是無袖款式減少了圖
案面積，給人的印象也就不會那麼強烈了。這件材質
輕薄舒服且擁有良好的垂墜感，搭配貼腿褲或短褲
都十分可愛，將下擺塞進褲裡再拉出一些蓬鬆感，
也能展現另一種造型風貌。

1：搭配寬褲呈現成熟大人的造型風格！豹紋×深
藍色顯得高雅，是我很喜歡的組合。
褲子：BLISS POINT 包：De l'atelier EIN 圍巾：
UNFIT femme 鞋：FABIO RUSCONI 手鍊：Lavish
Gate

2：應該算是性感系的豹紋圖案，如果搭配吊帶褲
就能減少成熟感，呈現恰到好處的休閒品味。
紅色跟鞋也發揮了造型效果。
褲子：UNIQLO 吊帶褲：Lavish Gate 包：出國
旅行時購入 鞋：二手店購入

3：墨綠色搭配豹紋是不變的造型組合。再加上令
人印象深刻的流蘇包，簡直就像國外名媛。
外套：GU 短褲：UNIQLO 太陽眼鏡：GU 包：
GIRLS EGG 涼鞋：Spick & Span

4：將豹紋中的駝色帶到裙子來，配件也選擇相同
色系更加突顯豹紋圖案。
裙子：ZARA 內搭的紗裙：しまむら 手鍊：
united bamboo 包：しまむら 鞋：COLE HAAN

雨天時的造型

Uniqlo's hat

Hunter
Rain Boots

MSS's
black Boots

讓人感到有點憂鬱的下雨天,如果有一雙喜歡的雨鞋,那麼造型依然可以很時尚。我主要選擇Hunter的長筒雨鞋和側邊鬆緊帶樣式的短靴,在下雨天也能享受造型穿搭的樂趣。

1: 因為整體造型過於簡單,所以將鍊帶包斜揹並且將圓點的尼龍包當作造型重點。這是我在Aco Design網站上購買的購物包,容量十分大,而且非常顯眼!

2: 在陰暗的下雨天,就以上下皆為白色的造型讓自己更加亮麗!穿上短褲就不需要擔心濺起的泥水。Hunter的雨鞋是朋友穿過後讓給我的,中央的LOGO和側邊的皮帶環是與平價商品不同的搶眼感。

3: 將貼腿褲塞進雨鞋中,就算傾盆大雨的天氣也令人安心。簡單的造型可以運用寬帽沿的帽子和搶眼的圍巾給予造型重點,看起來是不是像真的獵人呢!?

4: 如果只是下著小雨的天氣,我會選擇穿合成皮的懶人鞋出門,這雙是出國旅行時購入的,連帽上衣是先生的,品牌為NORTH FACE,可以將下擺、袖口和帽子的鬆緊帶拉起來讓造型多些變化。

5: 這雙雨鞋是側邊為鬆緊帶樣式的短靴,是在MSS購物網站以5000日圓(台幣約1500元)左右購入。可以搭配休閒風格的彩色褲或是高雅的及膝裙,鞋子本身的重量很輕,走起路來也不會感到疲累喔!

橫條紋上衣·襯衫·窄裙·
彩色褲etc.

超級基本款的
造型穿搭比較

你是否曾經認為橫條紋上衣或襯衫等,因為是
基本單品就隨便買,結果卻發現根本不適合
呢?不管是多麼傳統基本的款式,也會因為個
人體型或是穿搭方式的不同,而決定是否適
合,接下來,我就以這些基本單品為例,依照
顏色、版型、材質的不同搭配各種造型做比
較,歡迎大家找到真正適合自己的基本款式。

橫條紋上衣的穿搭比較

不管擁有幾件都不嫌多
配合流行款式添購！

Yoko推薦的三種款式！

1

如果想單穿一件

窄版的米白色×深藍色橫條紋

想要單穿一件展現簡單又纖細的感覺，推薦給身材較瘦的人。與其合身，不如選擇稍微寬鬆的尺寸，這樣的話就可以將下擺或前下擺塞進褲子或裙子中，讓穿搭方式更加寬廣。

UNIQLO 橫條紋船型領T恤 ￥1500日圓（約台幣400元）

2

如果想展現造型感

荷葉下擺款式

如果想在基本款之外再購買一件橫條紋上衣，那麼流行的荷葉下擺如何呢？搭配任何款式的褲子或裙子都能完成χ造型線條，遮掩令人在意的臀部周圍，應該是不分體型都適合的款式。

GU 荷葉下擺橫條紋T恤 ￥990日圓（約台幣270元）

3

如果想遮掩身材缺點

寬版方型款式

衣長較短身幅較寬的款式不會讓身形線條顯露無遺，所以可以遮掩身材的缺點，無論是貼腿褲和寬褲都能夠搭配，雖然不適合穿外套，但是可以內搭襯衫改變整體的造型氛圍。

出國旅行時購入 ￥3000日圓（約台幣830元）

窄版米白色×深藍色橫條紋 的造型建議

NAVY × WHITE

簡單的款式設計
是多層次穿著時的重要單品

合身尺寸的橫條紋上衣最適合內
搭於外套中，搭配皮革外套和高
跟鞋完成具有時尚感的造型。

*Uniqlo's
Boyfriend
denim*

搭配裙子也有好比例
將下擺塞進裙子裡更漂亮

窄版上衣才能將下擺塞進裙
子裡，讓造型顯得俐落，如
果搭配的是及膝裙就更能夠
呈現漂亮的造型樣貌。

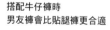

搭配牛仔褲時
男友褲會比貼腿褲更合適

與其選擇貼腿褲，略為寬鬆的
男友褲搭配合身版型上衣才能
營造出良好造型比例，減少整
體顏色數量會更顯俐落。

皮革外套：出國旅行時購入
褲子：UNIQLO
項鍊：BLISS POINT
手鍊：GU、手作品
圍巾：Faliero Sarti
包：ZARA
鞋：二手店購入　¥500日圓（約台
幣130元）

裙子：ZARA
項鍊：手作品
包：GU
圍巾：UNFIT femme
手鍊：Spick & Span
鞋：出國旅行時購入　¥3000日圓
（約台幣830元）

褲子：UNIQLO
內搭的上衣：H&M
項鍊：手作品、agete
手錶：Daniel Wellington
手鍊：JUICY ROCK
包：しまむら
鞋：CONVERSE

荷葉下擺款式 的造型建議

PEPLUM WAIST

2

荷葉下擺＋中央壓線
是恰到好處的休閒感

總是給人嚴肅印象的中央壓線褲
子也能擁有輕鬆表情，而就算搭
配懶人鞋也不讓人感覺太隨便，
這都要歸功於荷葉下擺的上衣！

*With Uniqlo's
center press
pants*

略帶成熟大人風格的
橫條紋造型

搭配休閒風格的窄裙也能呈
現如此充滿正式感的造型，
令人在意的小腹周圍也能藉
著荷葉下擺自然遮掩。

充滿健康活力的造型
帶點女孩兒感覺

搭配短褲充滿健康活力感的
造型卻又多了點女孩氣息，
不過度偏向運動風格，完成
具有時尚感的休閒造型。

裙子：BLISS POINT
項鍊：Lavish Gate
手錶：禮物
手鍊：Banana Republic
包：しまむら
鞋：COLE HAAN

褲子：UNIQLO
項鍊：手作品
包：しまむら
圍巾：LAPIS LUCE PER BEMS
手鍊：Lavish Gate、貴和製作所
鞋：MAISON ROUGE

短褲：UNIQLO
披在肩上的開襟外套：UNIQLO
帽子：UNIQLO（IDLF）
手錶：GU、手作品
包：GU
絲巾：二手店購入　￥1000日圓
　　（約台幣280元）
鞋：FABIO RUSCONI

寬版的上衣
即使內搭襯衫也很舒適

因為是寬版的樣式，所以就算內搭厚丹寧襯衫也不會讓人感到緊迫不適，混搭浪漫風格的裙子也很優雅。

With white collar

3

Bellini's shoes

搭配寬褲
就不會顯得沉重！

只要上衣的長度夠短，那麼搭配寬褲也不會顯得沉重，紅色尖頭高跟鞋和掛在包包上的針織衫形成藍白紅三色造型。

只要搭配貼腿褲
就能讓下半身看起來如此清爽

這是「上半身有份量，下半身細長」的造型比例，腰部較有肉的人可以將內搭的下擺露出來或運用荷葉下擺遮掩。

襯衫：出國旅行時購入 ￥4000日圓
（約台幣1125元）
裙子：GU
項鍊：BEAMS
手錶：Daniel Wellington
手鍊：Lavish Gate
包：L.L.Bean
襪子：UNITED ARROWS
鞋：BELLINI

領子飾品：其他洋裝的附屬飾品
項鍊：手作品
手錶：GU、貴和製作所
包：Spick & Span
掛在包上的針織衫：ZARA
鞋：二手店購入 ￥500日圓
（約台幣140元）

褲子：UNIQLO
耳環：H&M
太陽眼鏡：居家雜貨店購入
手錶：Daniel Wellington
手鍊：手作品
包：GU
圍巾：UNFIT femme
鞋：FABIO RUSCONI

襯衫的穿搭比較

依照造型風格傾向的不同
實用的襯衫款式也會有些微的不一樣。

Yoko推薦的三種款式！

1

增加華麗感的
皺褶設計襯衫

眼感醞釀出充滿知性的淑女印象。為了避免過度的古典感，可以運用配件減少這種感覺。

UNIQLO SUPIMA COTTON系列皺褶襯衫 ￥2990日圓（約台幣840元）

2

盛夏中也可以穿的
亞麻材質襯衫

亞麻材質的水洗皺摺所呈現的自然表情充滿款式魅力，可以搭配背心營造多層次的透明感，或是綁在腰間作為造型重點色，非常推薦當作夏天造型中的穿搭重點。

UNIQLO ￥3000日圓左右（約台幣840元）

3

如果想穿出正式感
彩色細平布襯衫

和白色比起來較有柔和感的彩色襯衫，細平布材質微微散發出來的光澤和柔軟度呈現浪漫又成熟的印象，斗篷袖的設計讓此款襯衫不會給人過於嚴肅的感覺，具有今年流行感。

GU 斗篷袖襯衫 ￥1990日圓（約台幣550元）

皺摺設計襯衫 的造型建議

PINTUCK SHIRT

**搭配華麗風格配件
也能完成有品味的造型**

金色皮帶和紅色高跟鞋等具
有強烈造型印象的配件也能
展現高雅品味，這都要感謝
皺摺襯衫的效果！加上寶石
項鍊更增添奢華感。

1

**以藍色重點色
和直線條展現冷酷感！**

襯衫的直皺摺和褲子的細直
條紋呈現的直線條營造出冷
酷又簡潔的印象，腳底則搭
配休閒鞋展現輕鬆感。

White
CONVERSE

**只要有一件黑色裙子
參加派對也很OK**

被邀請參加小派對時，似
乎也挺適合的黑色和白色
造型。平常不想有如此強
烈的造型印象時，可以故
意搭配一雙橫條紋襪子減
少正式感。

披在肩上的針織衫：NOMBRE IMPAIR
褲子：IENA
皮帶：UNIQLO
耳環：Spick & Span
手鍊：Spick & Span
包：出國旅行時購入　￥4000日圓
（約台幣1125元）
鞋：CONVERSE

褲子：UNIQLO
項鍊：Lavish Gate
皮帶：UNIQLO
手錶：Daniel Wellington
手錶：Banana Republic
包：しまむら
圍巾：ALTEA
鞋：二手店購入　￥500日圓（約台
幣140元）

項鍊：BEAMS
圍巾：Faliero Sarti
包：GU
手鍊：Lavish Gate
襪子：靴下屋
鞋：FABIO RUSCONI

LINEN SHIRT

2 /

漸層色造型中的
清爽感是重點

綁在腰間的白色襯衫是明亮的造型重點色，和開襟外套不同的是擁有輕薄的涼爽感，還可以穿在冷氣房中，真是一石二鳥！

活用亞麻材質的透明感
以坦克背心表現造型重點色

搭配長裙時可以將襯衫下擺打結，如果是具有透明感的亞麻材質，內搭的坦克背心就可以成為帶點清涼感的造型重點色。

交叉V領的樣式不僅有
休閒感還能展現女性美

利用下擺的專用釦環讓此款襯衫以交叉V領的樣式穿出多層次感覺，亞麻材質獨特的自然皺摺也是款式魅力之一。

內搭的坦克背心：MARGARET HOWELL
裙子：しまむら
耳環：GU
包：出國旅行時購入（￥1400日圓）
圍巾：UNIQLO
手環：H&M
涼鞋：carino

T恤：無印良品
內搭的坦克背心：GU
短褲：forte forte
眼鏡：Zoff
耳環：H&M
項鍊：Atelier el、母親的私有物品
包：GU
手鍊：貴和製作所、GU
涼鞋：BIRKENS STOCK

坦克背心：DRESS TERIOR
褲子：ZARA
耳環：貴和製作所
項鍊：agete
手鍊：GU、Banana Republic
包：MARCO MASI
太陽眼鏡：GU
圍巾：LAPIS LUCE PER BEAMS
鞋：二手店購入（￥500日圓）

彩色細平布襯衫 的造型建議

COLOR SHIRT

3

將吊帶褲穿出
成熟大人的感覺！

能夠大膽和休閒風格的褲子混
搭在一起，都是因為這是一款
優雅浪漫的襯衫！配件同樣選
擇充滿女人味的款式。

GU's dolman
sleeve shirt

活用柔軟材質的
浪漫系休閒風格

擁有高好感度的藍灰色×深
藍色組合，也很建議穿著於
工作場合，休假時就搭配一
雙CONVERSE展現屬於成熟
大人的休閒風格。

即使穿出100%的正式感
也不會令人感到嚴肅

就算其他服裝和配件都以黑
色統一，也不會像搭配白色
襯衫時過於正式，反而呈現
柔和感覺，短靴和裙子間露
出的膚色就是造型重點。

褲子：BLISS POINT
項鍊：手作品
皮帶：GU
手錶：禮物
手鍊：手作品
包：Michele & Giovanni
絲巾：二手店購入　¥1000日圓
（約台幣280元）
鞋：CONVERSE

褲子：RCWB
耳環：Anton Heunis
項鍊：Atelier el
手鍊：CHAN LUU
手錶：Daniel Wellington
包：MOYNA
鞋：ORiental TRaffic

裙子：UNIQLO
耳環：Spick & Span
項鍊：BEAMS
手錶：禮物
手鍊：手作品、GU
包：出國旅行時購入
靴子：L'autre chose

窄裙的穿搭比較

如果對於基本素色款已經感到厭倦
那麼就選擇有線條設計的款式展現個性！

Yoko推薦的三種款式！

1

如果想穿出簡約時尚感
側邊線條設計的窄裙

無論搭配什麼款式的上衣都能擁有簡約時尚的搶
眼感！側邊的粗線條設計強調直線感，大腿或是
小腹周圍比較有肉的人也可以穿出修長感覺。
UNIQLO 彈性材質鉛筆裙 ￥1990日圓（約台幣550元）

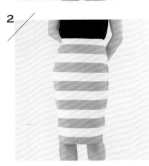

2

如果喜歡休閒風格
粗橫條紋窄裙

可以搭配基本色系上衣呈現輕盈休閒的造型風
格，選擇常見的黑色×白色款式也不錯，但是我
選擇的是更有休閒感並且適合搭配彩色明亮服裝
的灰色款式。
UNIQLO 彈性材質橫條紋鉛筆裙 ￥1990日圓（約台幣550元）

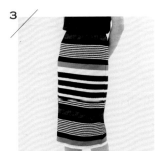

3

如果喜歡個性派穿著
各種顏色和粗細橫條紋的窄裙

一樣是橫條紋，但是混合了各種顏色和各種粗細
的橫條紋款式就顯得成熟，雖然穿搭難度較高，
不過正因為如此，才能展現與眾不同的個性，是
此類裙子的魅力。
GU 多種條紋鉛筆裙 ￥1490日圓（約台幣410元）

側邊線條設計的窄裙 的造型建議

WHITE LINE STYLE

**合身的皮革外套
讓整體造型更簡潔俐落**

線條設計的俐落感和皮革外套
的風格完全一致，為了不讓整
體造型過於陽剛，腳底搭配球
鞋，可增加休閒感。

Uniqlo's
tight skirt

**以側邊線條的搶眼感
襯托樸素色系造型！**

搭配一般素面窄裙則顯得過於
簡單，因為側邊線條的設計營
造出具有刺激感的造型，金色
可以襯托出時尚感。

**充滿活力感的
運動休閒風格很新鮮！**

搭配羽絨背心展現運動風格
也能擁有新鮮感，因為線條
的設計效果而不會令人感覺
膨脹，整體造型給人俐落有
活力的印象。

針織衫：GU
項鍊：Lattice
包：出國旅行時購入　￥1400日圓
　（約台幣390元）
鞋：COLE HAAN

皮革外套：出國旅行時購入
內搭的T恤：無印良品
圍巾：Wild Lily
手鍊：手作品
包：ZARA
鞋：new balance

羽絨背心：GAP
T恤：無印良品
項鍊：BEAMS
手錶：Daniel Wellington
手鍊：GU
包：L.L.Bean
鞋：BELLINI

BORDER SKIRT

2 /

不造作的多層次穿著
呈現造型立體感

為了讓螢光粉紅色針織衫不顯
胖，搭配太陽眼鏡和手環讓視覺
集中，內搭T恤的多層次穿搭
法，也是營造立體感的重點。

GU's
color shirt

可以遮掩肉肉下腹部的
裙裝穿搭小技巧

對於小腹周圍感到在意的
人，我建議可以將襯衫的下
擺打結喔！灰色搭配明亮色
系的組合是我個人非常喜歡
的穿搭方式。

將銀色涼鞋的光澤感
作為造型主角

以條紋的顏色延伸搭配，再
將涼鞋的銀色和項鍊的金屬
光澤當作造型重點色，雖然
是休閒風格的造型卻帶有成
熟大人的輕鬆感。

襯衫：GU
內搭的坦克背心：出國旅行時購入 ￥2000日圓
（約台幣560元）
耳環：朋友的手作品 項鍊：手作品
手錶：Daniel Wellington
手鍊：手作品
包：Michele & Giovanni
太陽眼鏡：GU 鞋：CONVERSE

針織衫：UNIQLO
內搭的T恤：無印良品
太陽眼鏡：GU
手環：H&M
包：しまむら
涼鞋：carino

T恤：無印良品
綁在腰上的襯衫：UNIQLO
耳環：Spick & Span
項鍊：CHAN LUU
手鍊：Spick & Span
涼鞋：BIRKENSTOCK

各種顏色和粗細橫條紋 窄裙的造型建議

MULTI BORDER SKIRT

3

只有這種款式的條紋窄裙才能展現優雅氛圍

搭配柔軟材質的短衫和高跟鞋，完成優雅成熟的正式造型！只要運用短衫在腰部製造蓬鬆感，就能讓下半身顯得修長。

以學院風針織衫製造爽朗印象

領口的條紋顏色只要和裙子中的條紋色彩互相搭配，整體造型就不會顯得雜亂無章，內搭亮片坦克背心增添造型深度。

以條紋的顏色統一整體造型！不會失敗的安全牌

上衣選擇條紋中的一個顏色互相搭配就不會失敗，配件也和條紋顏色統一，強調裙子的顯眼度。

針織衫：UNIQLO
內搭的坦克背心：出國旅行時購入
¥2000日圓（約台幣560元）
拿在手上的牛仔外套：GAP
太陽眼鏡：GU
手錶：Daniel Wellington
手鍊：手作品 包：GU
鞋：出國旅行時購入 ¥3000日圓
（約台幣840元）

針織衫：NOMBRE IMPAIR
項鍊：Atelier el
手錶：Daniel Wellington
手鍊：手作品
包：出國旅行時購入
鞋：ORiental TRaffic

短衫：H&M
耳環：GU
項鍊：Lattice
包：Spick & Span
手環：H&M
鞋：COLE HAAN

彩色褲的穿搭比較

還在繼續流行中，好搭配的顏色是
藍色、墨綠色、粉紅色等三色。

Yoko推薦的三種款式！

1

擁有良好氣質品味的休閒風格

淡藍色褲子

褪色效果的藍色牛仔褲，不會過於休閒又帶有潔淨感的款式可以讓造型好感度大增，只要穿出質感並且搭配漂亮的配件，就能減少甜美可愛的印象展現適度華麗感。

UNIQLO 窄管九分牛仔褲 ¥3990日圓（約台幣1100元）

2

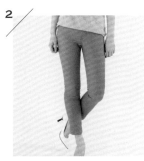

如果厭倦了牛仔褲

亮色系的墨綠色褲子

和牛仔褲一樣適合搭配任何款式的上衣，所以我經常推薦給初次嘗試穿彩色褲的人，雖然我介紹的是窄管的貼腿褲，但是如果不喜歡窄管的人也可以選擇休閒卡其褲的樣式。

GU 大約¥1500日圓（約台幣420元）

3

適度甜美感覺的

淺粉紅色褲子

只要搭配於一般造型中就能夠增加10%甜美度，恰到好處的可愛感也是這個顏色的魅力。因為是膨脹色，所以寬鬆的版型就會顯胖，窄管的貼腿褲可能比較容易搭配。

GU 大約¥3000日圓（約台幣820元）

淡藍色褲子 的造型建議

ICE BLUE PANTS

活用褪色的造型感覺
搭配出流行的波希米亞風格！

搭配蕾絲花邊上衣營造出流行
中的波希米亞氛圍，具有輕鬆
感的淡色系褲子讓造型更加呈
現今年的流行時尚感。

Shimamura's
white blouse

黑色×淡藍色
清涼感的夏季造型

如果是帶有冷酷輕盈感的彩
色褲，那麼在盛夏季節搭配
黑色也不會令人感覺酷熱。
雖然搭配白色配件也不錯，
但是選擇灰色則能夠讓造型
有不一樣的氛圍。

如果想搭配駝色系
這件藍色褲子是最佳選擇

比起搭配白色牛仔褲更能突
顯駝色針織衫的光澤，比起
搭配深藍色牛仔褲更能呈現
駝色針織衫的柔和感的就是
這款淡藍色褲子了。推薦給
喜歡駝色的人。

上衣：H&M
耳環：貴和製作所
項鍊：手作品
手鍊：皆為GU
包：Michele & Giovanni
圍巾：Faliero Sarti
鞋：CONVERSE

短衫：しまむら
項鍊：CHAN LUU
太陽眼鏡：GU
手錶：Daniel Wellington
手鍊：CHAN LUU、united bamboo
包：Spick & Span
涼鞋：carino

針織衫：GU
項鍊：Lattice
手錶：Daniel Wellington
手鍊：GU
包：MOYNA
鞋：ORiental TRaffic

KHAKI PANTS

2

搭配粉紅色上衣
呈現恰到好處的甜辣度

粉紅色加墨綠色是我非常喜歡的成熟大人組合！軍裝風格的造型氛圍可以減少上衣的甜美感，呈現恰到好處的甜辣比例。

如果想穿出休閒風格
建議以灰色為基調

雖然這是休閒風格的王道，但是以灰色為基調減少顏色數量則是我的獨特穿搭方式，綁在腰上的襯衫也選擇相同顏色就可以讓整體造型更顯俐落。

紅色×墨綠色也是不變組合！
配件就選擇成熟漂亮的款式

帶有休閒感的墨綠色褲子，我也喜歡搭配鍊帶包或是漆皮高跟鞋讓造型風格更升一級，非常適合搭配墨綠色的紅色則是造型中的重點色。

T恤：先生的私有物品
綁在腰上的襯衫：GU（男裝）
帽子：GU
太陽眼鏡：GU
手錶：Daniel Wellington
包：L.L.Bean
鞋：CONVERSE

短衫：出國旅行時購入 ￥2000日圓
（約台幣560元）
內搭的無袖上衣：GU
耳環：GU
太陽眼鏡：GU
手錶：SEIKO
手鍊：JUICY ROCK、手作品
包：Spick & Span
涼鞋：carino

襯衫：UNIQLO
披在肩上的針織衫：ZARA
手錶：Daniel Wellington
包：しまむら、出國旅行時購入
￥1400日圓（約台幣390元）
涼鞋：Spick & Span

淺粉紅色褲子 的造型建議
POWDER PINK PANTS

3

以具有甜美感的三色組合
呈現成熟大人的海洋風造型

深藍色×白色再加上淺粉紅色
甜美感的三種顏色造型組合，
搭配色彩鮮艷的高跟鞋更加醞
釀出成熟大人的亮麗感。

自然不做作的造型
升級Happy Mode！

搭配牛仔襯衫也能散發出些許
女孩兒感覺，這都要歸功於淺
粉紅色的效果，獨特的色彩魅
力幫助完成Happy Mode造型。

粉紅色×黑色
完成保守風格的造型

亮色系顏色只要搭配黑色就
能讓人感覺具備時尚感，如
果上衣選擇的是簡單的拼色
設計款式，就可以呈現成熟
大人的造型風格。

GAP's
pink pants

襯衫：出國旅行時購入　¥4000日
圓（約台幣1125元）
內搭的T恤：無印良品
披在肩上的上衣：H&M
手鍊：CHAN LUU、GU
包：しまむら
太陽眼鏡：GU
鞋：CONVERSE

上衣：ZARA
帽子：idee
項鍊：CHAN LUU
手環：H&M
包：Via Repubblica
拿在手上的開襟外套：H&M
鞋：出國旅行時購入　¥3000日圓
（約台幣840元）

上衣：BLISS POINT
耳環：GU
太陽眼鏡：GU
項鍊：BLISS POINT
手鍊：Lavish Gate、手作品
包：しまむら
圍巾：Faliero Sarti
鞋：FABIO RUSCONI

寬擺裙的穿搭比較

對於肉肉女生也能有顯瘦效果的深藍色寬裙擺，如果是身材高瘦的人則適合腰間多摺設計的款式。

Yoko推薦的三種款式！

1

如果想要顯瘦

深藍色寬擺裙

這是能夠讓腰部周圍看起來顯瘦的寬擺裙款式，不將上衣塞進裙子裡，且在腰間綁上一件襯衫，那麼令人在意的小腹也就不明顯了，特別推薦適合搭配正式或休閒風格的深藍色。

UNIQLO 彈性材質寬擺裙 ￥1990日圓（約台幣550元）

2

營造當季流行線條

多摺設計的寬擺裙

硬挺材質和多摺設計的寬版型是今年正在流行的款式線條，因為腰部周圍具有份量感，所以可能比較適合身材較纖瘦的人。

GU W's denim tack skirt ￥1490日圓（約台幣410元）

3

想要穿出成熟感

印花圖案寬擺裙

印花圖案的設計款式可以搭配出具有適度個性感的成熟風格造型，如果是較不膨鬆的版型，搶眼的圖案也不會令人感覺過度鮮豔。為了避免穿起來像歐巴桑，請選擇棉質針織款式。

GU W's watercolor print skirt ￥1490（約台幣410元）

NAVY FLARE SKIRT

1

**如果是彈性材質的裙子
就能夠簡單搭配套裝造型！**

只要有深藍色的棉質針織上
衣，就可以簡單搭配出流行
中的套裝風格。在腰間運用
銀色皮帶為整體造型帶來出
色的效果。

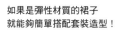

**只要搭配的上衣不同，
就能變身派對造型**

只要搭配一件蕾絲款式的上
衣，似乎就能參加派對聚
會。在皮包的提把處纏上同
色系的絲巾增添華麗感。

With Cole haan's
brown shoes

**將襯衫當作造型重點色
充滿健康活力感的三色造型**

將LOGO當作重點充滿活力感的
造型，因為是素色的裙子，所以
能夠根據搭配的單品不同而展現
完全不同的造型表情。

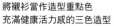

T恤：先生的私有物品
綁在腰上的襯衫：GU（男裝）
太陽眼鏡：GU
手錶：Daniel Wellington
手鍊：united bamboo
包：L.L.Bean、GU
涼鞋：PEPEROSA

上衣：GU
太陽眼鏡：GU
耳環：H&M
皮帶：UNIQLO
包：MOYNA
圍巾：UNFIT femme
手鍊：Lavish Gate、GU
鞋：COLE HAAN

項鍊：手作品
上衣：H&M
包：しまむら
絲巾：二手店購入　￥1000日圓
（約台幣280元）
手鍊：Lavish Gate、手作品
鞋：FABIO RUSCONI

TUCKED SKIRT

2

紅×白色的橫條紋
也能穿出可愛成熟感

休閒風格的橫條紋坦克背心
搭配多摺寬裙也能展現具有
可愛感的成熟大人風格，如
果想稍微提高成熟度，選擇
駝色配件就能得到效果。

在襯衫下擺打結
減少份量感才是正確方式

為了突顯裙子蓬蓬的版型線
條，可以將襯衫塞進裙子裡，
或是在下擺處打結縮短衣長，
即使是男裝襯衫也能呈現女性
線條。

運用牛仔外套減少甜美感
屬於女孩兒的休閒造型

能將上半身營造出整齊俐落感
的牛仔外套，我覺得是多摺寬
裙的最佳拍檔。配件則搭配外
套的釦子以銀色統一。

襯衫：GU（男裝）
內搭的上衣：出國旅行時購入 ￥2000
日圓（約台幣560元）
太陽眼鏡：GU
包：出國旅行時購入 ￥4000日圓（約
台幣1125元）
手鍊：Lavish Gate、手作品
鞋：BELLINI

坦克背心：DRESSTERIOR
內搭的坦克背心：出國旅行時購入
￥2000日圓（約台幣560元）
披在肩上的針織衫：ZARA
帽子：PANAMA HAT
太陽眼鏡：GU
包：MOYNA
手鍊：CHAN LUU
涼鞋：PELLICO

牛仔外套：GAP
T恤：無印良品
內搭的坦克背心：出國旅行時購入 ￥2000日圓
（約台幣560元）
項鍊：BLISS POINT
手錶：Daniel Wellington
包：GU
絲巾：二手店購入 ￥1000日圓（約台幣280元）
涼鞋：PEPEROSA

印花圖案寬擺裙 的造型建議

PRINTED SKIRT

3

羽絨背心&球鞋
營造出恰到好處的優雅感

雖然是浪漫優雅的印花圖案寬擺
裙，但是搭配球鞋也沒有不合適
的感覺。運動休閒風格的造型也
能展現女人味，充滿魅力。

With
new balance's
shoes

即使是簡單的上衣
也能襯托出無造作的流行感

就算是搭配簡單的白色針織
衫，印花圖案的寬擺裙也能
輕易發揮造型效果，與其搭
配高跟鞋，不如選擇令人印
象深刻的款式增加造型感。

成熟正式的造型
必須搭配「不同風格」的配件

搭配西裝外套想要呈現正式風
格的時候，為了不要像「家長
日的媽媽」，選擇男性風格的
皮鞋製造差異感，同樣地項鍊
也搭配粗獷的款式。

羽絨背心：GAP
T恤：無印良品
眼鏡：Zoff
手錶：CASIO
手鍊：Can Do
包：しまむら
圍巾：Faliero Sarti
球鞋：new balance

針織衫：H&M
內搭的坦克背心：出國旅行時購入
¥2000日圓（約台幣560元）
項鍊：手作品
手鍊：手作品
包：GU
鞋：ORiental TRaffic

西裝外套：UNIQLO
內搭的上衣：GU
項鍊：手作品
手鍊：Lavish Gate
包：出國旅行時購入
圍巾：UNIQLO
鞋：BELLINI

男裝針織衫正在流行中！

Husband's
red knit

GAP's knit
for men

因為很喜歡男裝針織衫獨特的領口樣式和粗針織的感覺，所以經常跟先生借來穿。雖然的確有點大，但是可以把袖子往上拉或是將下擺下垂等，只要運用技巧製造一些動感，就可以得到很好的造型效果！

1： 自從先生從UNIQLO購入後我就偶爾借來穿的辣椒紅針織衫，在一片暗色系的冬裝中是很有造型效果的單品，連肩袖的樣式避免了肩線過低的問題，非常實用！

2： 在二手店以非常便宜的價格購買的高領針織衫，雖然水洗過後稍微縮水，但是對我來說可是幸運極了♪而下擺羅紋彈性較佳的款式可以調整長度，非常方便。

3： 這一件也是在二手店購入的單品，材質穿起來十分舒適，也是我很喜歡的粗針織款式，不過長度非常長，所以我會將下擺摺起來，在腰部製造膨鬆感。

4： 搭配稍微寬鬆版型的褲子時可以將前下擺塞進褲子裡，取得良好的造型比例。如果選擇的是寬大的男裝針織衫，那麼搭配中央壓線設計的褲子也不會顯得過於正式，可以穿出休閒感！

5： 灰色針織衫是在二手店購買的GAP商品，我很喜歡粗針織的粗獷感，如果將下擺塞進裙子裡突顯針織衫的粗線條感，就不會讓人注意到過大的尺寸。

**讓平價品牌服飾
看起來時尚10倍**

Yoko的
配件穿搭術

和衣服相同的,又或許更甚衣服的是我非常
喜歡的配件!特別是如果服裝是平價品牌的
商品時,那麼利用鞋子或皮包等單品增添造
型味道就是非常重要的事情了。很多人都説
不知道怎麼搭配配件,其實這也是有一套法
則的!只要依循著來思考造型的穿搭就變得
非常簡單喔!

平凡的衣服也會
因為配件而變得時尚！

提升平價服飾造型的等級

推薦的配件BEST 9

GU's cool
Sunglasses

1： GU

錬帶包

市面上有各式各樣小型的側背包，
但是我推薦的是明亮顏色的錬帶樣
式，奢華的感覺也可以取代飾品。

2： BLISS POINT

硬幣項錬

在流行造型中不可或缺的是寶石系
項錬，如果是硬幣的形狀就不容易
和別人一樣，還能夠強調造型個
性。

3： UNIQLO

具有光澤的細皮帶

令人意外的皮帶是很搶眼的配件，
比起基本款的黑色或咖啡色，銀
色、金色或明亮鮮豔色系等具有光
澤感的款式會更加好用。

4： ZARA

拼色組合的皮包

三個顏色的組合讓這款皮包特別搶
眼，即使顏色本身素雅，但是搭配
在一起卻令人印象深刻，最適合當
作簡單造型中的重點配件。

5： GU

水滴型太陽眼鏡

能夠呈現出有如國外名媛般的冷酷
氛圍，如果不太敢戴在臉上，可以
掛在包包上或胸前，都能替造型帶
來好效果。

想讓到處都買得到的平凡衣服變得更加時尚，就要藉由配件增加效果，即使是相同的服裝只要搭配不同的配件，就能變得成熟或變得休閒，可以翻轉整個造型印象。如果將造型比喻成做菜，那麼配件就是辛香調味料，只要撒上一點就能讓味道更有深度。在這裡就將我推薦的配件介紹給大家吧！

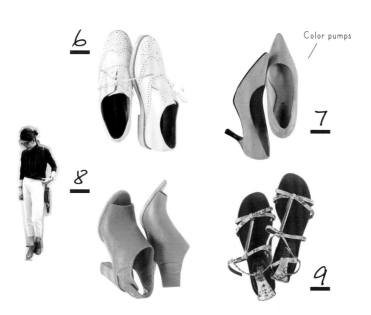

Color pumps

6: ORiental TRaffic
雕花皮鞋

有男裝造型風格的皮鞋適合搭配於休閒服裝或成熟漂亮的造型中，作為具有差異感的單品。春夏季節選擇白色會比較好搭配。

7: AmiAmi
彩色高跟鞋

挑選服裝時比較難選擇色彩強烈的樣式，但是如果運用在鞋子上就是非常恰當的重點配件了。沒有任何裝飾的素面款式會比較好搭配。

8: COLE HAAN
露出腳尖的踝靴

具有一般涼鞋或露腳趾鞋所沒有的搶眼感！令人意外的是適合搭配任何服裝，讓人感覺擁有時尚品味。

9: carino
動物紋涼鞋

動物（蛇）紋具有一般皮革所沒有的高級感，雖然蛇紋比豹紋圖案多了細緻沉穩感，卻依然散發出強大的造型能量。

▲ ITEM

具有冷酷感的黑色服裝
可以襯托辛辣風格的配件

正經八百的黑白色系造型極力排除了甜美感，
運用銀色和蛇紋配件增加造型重點。

上衣：BLISS POINT 褲子：UNIQLO 帽子：idee
手錶：Daniel Wellington 手鍊：Can Do、GU、Lavish Gate

▲ ITEM

讓牛仔褲造型看起來不一樣
具有搶眼感的太陽眼鏡

更加突顯寬版牛仔褲時尚感的水滴型太
陽眼鏡，再加上漂亮的拼色皮包就不會
過於粗獷。

針織衫：UNIQLO 襯衫：無印良品
褲子：NOMBRE IMPAIR

▲ ITEM

駝色系的皮包和鞋子
是統合造型感的天才

即使是色彩鮮豔的服裝，只要搭配駝色系
配件就能展現沉穩氣質，硬幣項鍊擁有絕
佳搶眼感！

上衣：ZARA 褲子：URBAN RESEARCH ROSSO
手錶：Daniel Wellington 手鍊：CHAN LUU

因為是彩色高跟鞋
才能呈現腳底的輕盈感

將短褲圖案中的一個顏色運用至配件中，而掛在皮包上的水滴型太陽眼鏡則讓造型多了刺激和趣味感。

上衣：H&M 短褲：ZARA 項鍊：手作品
包：MODALU 手鍊：Lavish Gate、手作品

除了配戴項鍊之外
還有其他選擇

選擇搭配毛線帽營造休閒風格時，可以加上太陽眼鏡再利用揹背皮包的鍊帶取代項鍊。

上衣：UNITED ARROWS 短褲：UNIQLO
帽子：GU 手環：H&M

將上衣塞進去時
選擇皮帶必須更講究

想讓平凡的造型更升一等，那麼就搭配一條隱約可見的皮帶，光澤感即是造型重點。

襯衫：無印良品 短褲：UNIQLO 項鍊：手作品
包：Spick & Span 手錶：Daniel Wellington
手鍊：GU、Lavish Gate、手作品
拿在手上的開襟外套：H&M

▶ ITEM

借用一下
造型師的穿搭技巧

模仿在雜誌上看到的，將托特包和具有
正式漂亮感的小皮包搭配在一起。

上衣：禮物 牛仔褲：H&M
綁在腰上的襯衫：GU 帽子：idee
手錶：Daniel Wellington
手鍊：Can Do、Lavish Gate、貴和製作所、手作品
包：GU

▶ ITEM

將十分具有休閒感的服裝
變身名媛風的小技巧！？

棉質的素面洋裝，只要有水滴型太陽眼
鏡就可以變身為名媛假日風格。

洋裝：UNIQLO 披在肩上的衣服：H&M
耳環：GU 包：しまむら 手錶：SEIKO
手鍊：手作品 手環：H&M

▶ ITEM

 +

搭配牛仔襯衫時
利用皮包展現成熟大人表情

將拼色皮包混搭於學生風格造型中也很
有穿搭樂趣，足底搭配雕花皮鞋取得造
型比例。

襯衫：出國旅行時購入 內搭的T恤：無印良品
褲子：しまむら 耳環：友人的手作品
手錶：Daniel Wellington
手鍊：手作品、Lavish Gate

成熟漂亮×帥氣
是我喜歡的混搭風格

珍珠的優雅氣質加上太陽眼鏡的粗獷
感，兩者搭配在一起時的隔閡感就是造
型重點。

針織衫：UNIQLO（IDLF）
內搭的坦克背心：出國旅行時購入
裙子：coca 包：De l'atelier EIN
圍巾：UNFIT femme 手錶：Daniel Wellington
手鍊：CHAN LUU

這個西裝外套的造型
暗地裡的主角是項鍊

搭配硬幣項鍊和褪色牛仔褲，完全消除
西裝外套原本的老氣感。

西裝外套：UNIQLO（IDLF） T恤：無印良品
牛仔褲：LEE 手錶：Daniel Wellington
手鍊：CHAN LUU 包：しまむら
綁在皮包上的絲巾：二手店購入

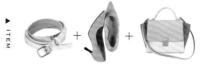

以白色服裝為主的造型
需要有色彩的配件發揮造型效果

今天的服裝可以讓有色彩的配件發揮造
型效果，不可思議的是以白色為主的造
型搭配再多顏色都能統合。

襯衫：UNIQLO 背心：LOWRYS FARM
褲子：UNIQLO 手錶：Daniel Wellington
手鍊：手作品、賣和製作所
圍巾：UNFIT femme

鞋子和皮包
可以分成三種風格思考。

「休閒系」「可愛系」「成熟系」三種風格！

STYLE-1

休閒系

主要在休假時搭配使用的休閒
風格單品，球鞋、懶人鞋、背
包、托特包等都是這個風格的
代表單品。

NYC
WHENEVER YOU COME YOU ARE WELCOME
ALL OF US ARE GLAD THAT
WE COULD MEET YOU
BIG APPLE

cotton tote

daypack

CITY OF MIAMI

clutch bag

L.L.Bean

BIRKENSTOCK　　new balance　　CONVERSE　　slip-on

確實決定整體造型風格後加入配件！

休閒又輕鬆的「休閒系」、適合工作模
式的「成熟系」、介與兩者之間的「可
愛系」。選擇服裝之後再依照TPO決定
整體造型的風格走向，然後加入鞋子
和皮包。針對自己擁有的單品進行風

格分類對於造型穿搭是很重要的，不
過選擇種類不同的單品所呈現的混搭
方式也是穿搭的技巧。

STYLE-2

可愛系

介於「休閒系」和「成熟系」之間，但是並不是只有如同文字表面的可愛風格，「帥氣系」和「時尚系」也屬於這個類型。

color bag

raffia bag

raffia tote

medalian shoes

color bag

flat sandals

leather clutch

quilted leather bag

high heels

boston bag

color pumps

STYLE-3

成熟系

符合工作場合、正式場合或是參加派對時搭配使用的單品，有許多人也稱之為「正式系」。

pointed toe flats

high heels

休閒風格的服裝也會
因為配件而改變整體造型感覺。

休閒系

就連配件也以休閒風格統一，
但是，加上毛帽和太陽眼鏡營
造出流行時尚感。

L.L.Bean

**橫條紋＋牛仔褲
令人意外的
也能穿出漂亮感覺！**

就因為是大家都會穿的基本休閒款服
裝，所以令人意外的是很多人並不知道
可以利用配件大大的改變造型印象。
通常鞋子和皮包都會選擇相同休閒風
格的單品統一，但是如果搭配了珍珠
飾品或高跟鞋，就會呈現超乎想像的
浪漫優雅印象。對於「總是因為沒時間
而穿了相同衣服」的人，請一定要試試
看這樣的穿搭方法。

上衣：UNIQLO
牛仔褲：UNIQLO
帽子：GU 耳環：GU 太陽眼鏡：GU
綁在腰上的外套：GU
包：L.L.Bean
手錶：Daniel Wellington
手鍊：手作品
鞋：MAISON ROUGE

STYLE-2

可愛系

運用竹籃包和涼鞋強調女孩兒
印象就是這樣子的感覺，以圍
巾等配件增加色彩會更加可
愛！

raffia tote

STYLE-3

成熟系

以珍珠項鍊和鍊帶包讓牛仔褲
更添造型感，足底是尖頭鞋，
如果換成黑色高跟鞋也很漂
亮。

pointed toe
flats

太陽眼鏡：GU
皮帶：UNIQLO
手鍊：GU、JUICY ROCK
包：Michele & Giovanni
圍巾：LAPIS LUCE PER BEAMS
涼鞋：ZARA

襯衫：無印良品
項鍊：CHAN LUU
包：出國旅行時購入　¥1400日圓（約台幣390元）
手鍊：CHAN LUU、手作品
鞋：出國旅行時購入　¥3000日圓（約台幣840元）

小奢華的衣服
也能穿出日常感！

STYLE-1

休閒系

女孩兒風格的洋裝搭配休閒鞋和背包呈現輕鬆感的造型模式，紳士帽等非甜美系配件也能製造造型效果！

CONVERSE

想要將
洋裝穿得更徹底更實用的人
一定要注意！

常常聽到有人說買了洋裝之後卻只能有一種穿法，所以認為洋裝不是非常實穿。但是，像這件乍看稍顯正式、款式設計簡單的洋裝，搭配休閒鞋增加休閒風格也十分可愛喔！只要妥善運用配件於各種造型風格中，就不會變成衣櫃中無用武之地的角色了！

洋裝：GU
帽子：PANAMA HAT
太陽眼鏡：GU
手錶：Daniel Wellington
手鍊：CHAN LUU
背包：GU
休閒鞋：CONVERSE

成熟系

活用沉穩風格配件呈現小禮服
造型，鞋子不選擇黑色，而是
以駝色高跟鞋營造出輕盈感。

ZARA's
color bag

High heels

STYLE-2

可愛系

搭配中性風格的雕花皮鞋和令
人印象深刻的硬幣項鍊，與其
說是「可愛系」，似乎比較偏
向「時尚系」吧！

項鍊：BLISS POINT
手錶：禮物
手鍊：手作品
包：ZARA
鞋：BELLINI

項鍊：Lavish Gate
手環：H&M
包：出國旅行時購入
圍巾：UNIQLO
鞋：ORiental TRaffic

平價品牌的飾品
只要多個搭配在一起
就會顯得可愛。

搭配服裝的感覺
各種組合變化的造型樂趣

除了上班族時期購買的精品品牌之外,我的飾品通常都是在GU、H&M和網路上購買,尤其是流行性的飾品我是在平價品牌添購,其中也包括100日圓(約台幣30元)商店的商品,或是自己完成的串珠手作品。雖然幾乎都是便宜的東西,但是和搭配服裝時的道理相同,只要將多數個組合在一起,就不會讓人產生廉價感,還能擁有獨特性。

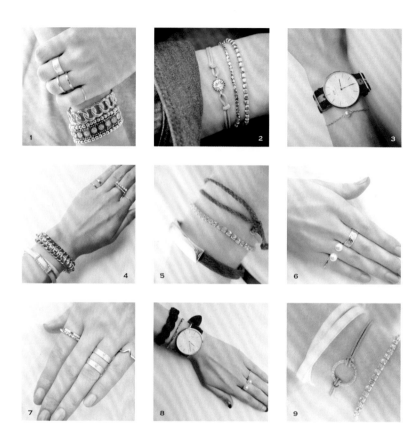

1： 搭配灰色服裝時飾品以銀色統一。戒
指：友人（katchy）手作品（中指）、
H&M（無名指、小指）　手鍊：GU
（上）、Lavish Gate（下）

2： 穿著丹寧材質服裝時可以搭配皮革
（風）的手鍊，兩條銀色手鍊是貴和
製作所的串珠及釣魚線的組合。手
鍊：Can Do（左）、手作品（中、右）

3： 有休閒感的條紋樣式手錶搭配單顆
珍珠設計的手錶，更增添女人味。手
錶：Daniel Wellington　手錶：手作品

4： 將多個奢華風戒指戴在一起。手鍊：GU
（右）、貴和製作所（左）　戒指：Ane
Mone（食指）、Dress（中指上）、居家雜
貨店購入（中指下）、H&M（小指）

5： 有色彩的細手鍊與不同材質混搭在
一起增加層次感。手鍊：united
bamboo（上）、GU（中）、BLISS POINT
（下）

6： 將珍珠作為主角以銀色統一的清涼
感組合。戒指：友人（katchy）手作品
（中指）、LOWRYS FARM（無名指）、
H&M（小指）

7： 將多個金色戒指戴在一起是簡單造
型中的視覺重點，戒指是最近很受
歡迎的LOWRYS FARM組合商品。戒
指：皆為LOWRYS FARM

8： 錶框和手鍊以銀色連結，再加上皮革
風格的手鍊增添柔和感。手錶：
Daniel Wellington　手錶：3coins
（左）、手作品

9： 以搭配服裝顏色的圖形手錶為主，再
加上不同設計元素的款式增加品味。
手錶：貴和製作所（左）、JUICE ROCK
（中）、GU（右）

圍巾類配件的熱潮！

Wild Lily

Glen Prince

Jungle
Jungle

基本傳統款式的服裝只要加上一條圍巾似乎就能大大提升流行時尚度的偏差值，除了圍在脖子上之外，還可以拿在手上或是綁在皮包上，是當作造型重點的實用單品。

1： 亮色彩的圍巾只要和皮包一起拿在手上，就讓人感覺有那麼一點華麗感。這是網路上名為Wild Lily品牌的商品，具有透明感的輕薄棉質，我從二月份就開始使用於造型中。

2： 上班族時期購買的Faliero Sarti圍巾一直是我造型搭配時的重要單品！以非常細的線編織而成的絲質莫代爾纖維材質，果真搭配於夏天造型中也不會讓人覺得酷熱。

3： 季節變換時期最需要輕薄的圍巾，出門時綁在皮包上，如果感到涼意就隨意圍在脖子上。我喜歡適合搭配任何造型的灰色，共有三條有些微色差的灰色圍巾。

4： 在網路上購買的紅色格紋圍巾可以輕鬆當作造型重點，在季節變換的時期，不需要穿著外套時我會像這樣帶出門，兼具流行時尚感和實用性。

5： Glen Prince的大型圍巾，出國旅行無法帶太多件大衣時，我也會將這類厚羊毛圍巾當作外套使用，是絕對要有一條的必備單品。

無論何時都是平價商品的造型穿搭！

旅行中的穿搭術&
夫妻的造型搭配

除了日常生活之外，回鄉或是旅行時也要以平價商品穿搭時尚造型。不住在自己家裡的時候也不想放棄追求時尚的樂趣，所以應該如何利用有限的單品搭配最佳造型，我認真的思考並且嚴選出各種單品的組合搭配。另外，我也很期待放假時和先生兩人的造型搭配，當然先生的服裝也是平價品牌的商品！

春夏的
10
十日穿搭

五件上衣和內搭單品，外套一件，下半身單品包括牛仔褲、裙子、短褲等三種，只要有這些就能充分搭配出十天的造型！

只帶這些出門！

上衣

1 粗編織的白色針織衫（H&M）
2 橫條紋上衣（UNIQLO）
3 灰色羅紋坦克背心（UNIQLO）
4 灰色T恤（無印良品）
5 襯衫型洋裝（BLISS POINT）

外套

6 灰色棉質開襟外套（UNIQLO）

下半身單品

7 鮮豔色系的短褲（UNIQLO）
8 及膝摺裙（GU）
9 石洗風牛仔褲（ZARA）

鞋子

10 休閒鞋（CONVERSE）
11 平底涼鞋（SEE BY CHLOE）
12 高跟鞋（COLE HAAN）

皮包

13 手拿包（MOYNA）
14 成熟風格的皮包（しまむら）
15 托特包（L.L.Bean）

配件

16 紳士帽（idee）
17 太陽眼鏡（GU）
18 絲巾（二手店購入）
19 圍巾（UNFIT femme）

Start!

DAY: 1

舟車勞頓的第一天
最重視舒適感，選擇洋裝
＋休閒鞋的造型

② ＋ ⑤ ＋ ⑩ ＋ ⑭

DAY: 2

和母親一起開車出門！
以輕鬆的休閒造型
外出

② ＋ ⑥ ＋ ⑦ ＋

⑩ ＋ ⑬ ＋ ⑰

春夏的
10
十日穿搭

DAY: 4

DAY: 3

在漂亮的居酒屋
開小型同學會，不會出錯的
全身白色造型最安全！

①+③+⑧+
⑫+⑬+⑱

造訪前輩的藝術工房，
選擇同色系的T恤和開襟外套
呈現有氣質的套裝風格

④+⑥+⑦+⑪+
⑬+⑯+⑰

idee's raffia hat

DAY: 5

DAY: 6

和朋友一起去看電影，
將第一天穿著的襯衫型洋裝
升格為成熟大人風格

③+⑤+⑫+⑬+
⑯+⑰+⑲

以牛仔褲＋涼鞋的輕鬆造型
前往友人舉辦的
BBQ聚會

①+③+⑨+⑪+
⑮+⑯+⑲

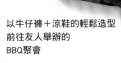

BLiss Point's
blue dress

DAY: **7**

今天一整天
要光顧好多家咖啡店，
就把洋裝當作
一般襯衫穿囉！

5 + 8 + 10 +
14 + 18

DAY: **8**

和高中時期的女同學
一起晚餐，預想可能會續攤，
所以選擇低調的華麗造型

1 + 3 + 7 +
12 + 13

DAY: **9**

前往購物中心逛街，
就算東西增加，
有托特包就輕鬆多了！

4 + 6 + 8 +
11 + 15 + 19

DAY: **10**

觀看體育競賽後
搭最後一班新幹線回東京，
牛仔褲造型方便活動！

2 + 6 + 9 +
10 + 14

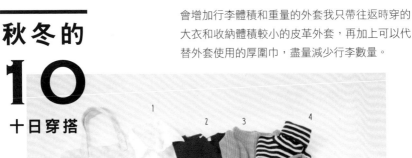

秋冬的

10

十日穿搭

會增加行李體積和重量的外套我只帶往返時穿的大衣和收納體積較小的皮革外套，再加上可以代替外套使用的厚圍巾，盡量減少行李數量。

只帶這些出門！

上衣

1 白襯衫（無印良品）

2 酒紅色針織衫（UNIQLO）

3 灰色的針織背心（OSMOSIS）

4 橫條紋高領針織衫（UNIQLO）

下半身單品

7 無袖洋裝（E hyphen）

8 格紋九分褲（UNIQLO）

9 貼腿牛仔褲（UNIQLO）

10 鮮豔色系窄裙（CiaopanicTYPY）

皮包

14 托特包（しまむら）

15 鍊帶包（出國旅行時購入）

16 手拿包（GU）

配件

17 太陽眼鏡（GU）

18 素面圍巾（母親的舊有物品）

19 格紋圍巾（Jungle Jungle）

外套

5 皮革外套（出國旅行時購入）

6 切斯特大衣（ZARA）

鞋子

11 短靴（L'autre chose）

12 休閒鞋（CONVERSE）

13 高跟鞋（ORiental TRaffic）

Start!

DAY: 1

想減少行李的體積和重量，
所以將大衣穿在身上
並且選擇休閒鞋好走路

① + ③ + ⑥ + ⑧ +
⑫ + ⑭ + ⑱

DAY: 2

觀光日就將托特包
斜背空出雙手吧！
圍巾在早晚時非常實用

④ + ⑤ + ⑩ +
⑪ + ⑭ + ⑱

秋冬的
10
十日穿搭

DAY: 3

今天比較晚起床，
溫暖的白天
就以圍巾代替外套

① + ③ + ⑨ +
⑪ + ⑮ + ⑲

DAY: 4

和老朋友一起享用自助午餐，
選擇不會過於正式華麗的
洋裝造型

④ + ⑦ + ⑬ +
⑮ + ⑲

DAY: 5

造訪前輩的家，襯衫＋
中央壓線設計的褲子，
在旅行時也能保有正式感

① + ⑥ + ⑧ +
⑪ + ⑮ + ⑰

Quilted
leather bag

DAY: 6

上街閒晃，
休閒風格的造型
搭配高跟鞋就不會顯得隨便

② + ⑤ + ⑨ +
⑬ + ⑭ + ⑲

DAY: 7

晚餐有約會時
選擇以黑白灰色系為基調，
呈現小華麗的洋裝造型

 + + ⑪ +
⑯ + ⑱

DAY: 8

前往充滿話題性的美術展，
以酒紅色為基調
展現沉穩的秋色造型

② + ⑧ + ⑬ +
⑮ + ⑰ + ⑱

DAY: 9

MUJI's
white shirt

今天要購買土產禮品！
即使搭配休閒鞋
也要看起來有流行時尚感！

① + ③ + ⑥ +
⑩ + ⑫ + ⑯

DAY: 10

到了最後一天，
為了購買不夠的禮品，
帶兩個包包出門

④ + ⑥ + ⑨ + ⑫ +
⑭ + ⑯ + ⑰

週末時享受夫妻裝的
穿搭樂趣！

1

黑白色系

穿著款式類似的短褲
一起去游泳！

3

丹寧×灰色

丹寧×灰色是我們夫妻
都非常喜歡的組合！

2

黃色×深藍色

感受到春天氣息時
就選擇黃色系×深藍色的組合

4

茶色×黑色

茶色系針織衫
搭配以黑色統一的配件♪

以顏色延伸搭配夫妻裝造型！

1： 本來要去海邊玩的，但是因為睡過頭了所以改變行程前往泳池！選擇以黑白色系的服裝搭配造型，因為過於樸素於是搽上鮮豔的紅色指甲油！
我／T恤、短褲：皆為ZARA　髮圈：Lattice　太陽眼鏡：Tiger　涼鞋：havaianas　夫／T恤：velva sheen　短褲：GU　太陽眼鏡：Ray-Ban　包：しまむら　涼鞋：havaianas

2： 沒有事先商量自然而然兩個人都選擇了這樣的色彩搭配，先生上半身的服裝都是購自於二手店～！他可能比我更擅長利用平價商品搭配造型喔。
我／風衣：ANGLOBAL SHOP　T恤：不詳　連帽外套：Traditional　牛仔褲：UNIQLO　包：H&M　鞋：MAISON ROUGE　夫／西裝外套、針織衫、襯衫：皆購於二手店　褲子：GU　鞋：Paraboot

3： 為了搭配先生的牛仔褲，我選擇長裙洋裝和牛仔外套的組合♪　運用金色配件和皮革包包增添成熟大人韻味。
我／牛仔外套：GAP　洋裝：GU　包：出國旅行時購買　鞋：Pretty Ballerinas　夫／上衣：無印良品　牛仔褲：APC　鞋：ANS

4： 先生今年添購的針織衫居然只有這一件，和褲子一樣都是在二手店以1500日圓（約台幣440元）購買，真的非常會買東西啊！
我／針織衫：ANGLOBAL SHOP　裙子：UNIQLO　帽子：FERRUCCIO VECCHI　圍巾：Altea　項鍊：手作品　包：出國旅行時購入　褲襪：tutuanna　鞋：FABIO RUSCONI　夫／針織衫：二手店購入　襯衫：GU　褲子：二手店購入　鞋：Paraboot

和先生一起外出時，我會思考兩個人走在一起不會令人感到不搭配的造型，只要利用顏色或是某部分的服裝單品互相連結搭配，似乎就能呈現自然的統一感。因為先生也喜歡平價品牌的商品，所以夫妻倆一同享受平價時尚的穿搭樂趣！

5
■ 黑色
■ 駝色

黑色×駝色

四月的某一天，以黑色×茶色系的服裝造型一起去賞櫻

6
■ 黑色
■ 深藍色
□ 白色

紅色×深藍色×白色

以紅色×深藍色×白色的三色旗顏色做為造型基調！

7
■ 綠色
■ 黑色

綠色×黑色

以橫條紋為中心的綠色×黑色造型

8
■ 黑色
□ 白色

黑白色系

沉穩又有大人成熟感的白色×深藍色造型

Love!

5：利用多年前購買的橫條紋洋裝顏色為基調所搭配出來的夫妻裝，雖然以這個造型前往賞櫻，但是因為太冷了，只好躲進咖啡店取暖後就立刻回家了。
我／皮革外套：出國旅行時購入 洋裝、包：しまむら 圍巾：Faliero Sart 褲襪：tutuanna 鞋：FABIO RUSCONI 夫／風衣：二手店購入 上衣、褲子：皆為UNIQLO 鞋：Paraboot

6：以先生的蘇格蘭幾何圖形毛衣和我的圍巾顏色做為造型重點，在眾多色中讓白色發揮清爽俐落的造型效果。
我／針織衫：UNIQLO 牛仔褲：H&M 圍巾：H&M 拿在手上的風衣：ANGLOBAL SHOP 包：不詳 休閒鞋：CONVERSE 夫／針織衫：H&M 襯衫：UNIQLO 褲子：二手店購入 眼鏡：Zoff 拿在手上的夾克：Barbour 鞋：Stan Smith

7：因為我想穿前一天購買的橫條紋上衣，因此造型以綠色×黑色統一。先生則是選擇以迷彩包表現綠色。
我／上衣：H&M 短褲：H&M 眼鏡：Zoff 皮帶：先生的私有物品 鞋：vis×HARUTA 夫／厚棉上衣：無印良品 褲子：LEE 包：LAROCCA 鞋：VANS

8：先生的夾克是Barbour品牌，本來是高價品牌的商品，但是據說是在網路以便宜的價格購入。鞋子則是購自網路購物POINT，簡直比我還會買東西。
我／背心：OSMOSIS 襯衫：無印良品 牛仔褲：UNIQLO 包：不詳 拿在手上的風衣：ANGLOBAL SHOP 鞋：Pretty Ballerinas 夫／夾克：Barbour 上衣：西友 褲子：LEE 鞋：Stan Smith

週末時享受夫妻裝的
穿搭樂趣！

1

白襯衫

今天的Dress code
是白襯衫&休閒風格！

3

藍色襯衫

以藍色系襯衫
呈現自然的統一感

2

白色褲子

將白色褲子當作主角
的簡約風格造型

4

白色鞋子

春天的休假日
就選擇有純淨感的白色鞋子

以單品延伸搭配夫妻裝造型！

1： 我選擇休閒鞋和托特包，先生則利用連帽外套展現休閒風格的造型感。我的深灰色褲子和先生的深藍色褲子也有適度的統一感。
我／針織衫：禮物 襯衫：無印良品 褲子：nano・universe 包：L.L.Bean 鞋：CONVERSE 夫／連帽外套：MARGARET HOWELL 襯衫：GU 褲子：UNIQLO 鞋：Paraboot

2： 我的褲子是細直條紋的樣式，而這件褲子、鞋子、皮包、以及先生的襯衫和褲子，夫妻倆身上都是折扣商品。
我／針織衫：UNIQLO 褲子：URBAN RESEARCH ROSSO 包：ZARA 絲巾：二手店購入 皮帶：先生的私有物品 鞋：COLE HAAN 夫／襯衫：UNIQLO 褲子：LEE 鞋：Paraboot

3： 先生的襯衫為直條紋的款式設計，而我的則是學生布材質，因為只是這樣的話似乎看起來太樸素，於是我選擇搭配粉紅色皮包。
我／上衣：UNITED ARROWS 襯衫：無印良品 褲子：しまむら 包：ZARA 鞋：FABIO RUSCONI 夫／外套：URBAN RESEARCH 襯衫：二手店購入 褲子：UNITED ARROWS 鞋：Paraboot

4： 兩人都以白色做為造型基調，再加上深藍色和藍色統一。而兩個人都選擇白色鞋子的話，就能再增加五成的清爽度！
我／針織衫、褲子：皆為UNIQLO 手錶：Daniel Wellington 包：L.L.Bean 鞋：CONVERSE 夫／襯衫：GU 褲子：UNITED ARROWS 拿在手上的外套：NORTH FACE 鞋：Stan Smith

Love!

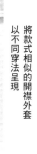

黑色開襟外套

將款式相似的開襟外套
以不同穿法呈現

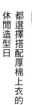
厚棉上衣

都選擇搭配厚棉上衣的
休閒造型日

夾腳拖鞋

5
享受夏季風情，
週末的夾腳拖造型

休閒鞋

6
屬於放鬆休假日時的
球鞋造型

5：開車前往溪畔時的造型穿搭。朋友送的夾腳拖鞋恰巧和先生的同為havaianas品牌！
我／洋裝：ZARA 披在肩上的開襟外套：UNIQLO 包：MOYNA 夾腳拖鞋：havaianas 夫／T恤：二手店購入 褲子：green label 夾腳拖鞋：havaianas

6：整體色調以淺藍色和淺粉紅色共同呈現柔和的造型感覺，先生的褲子是自己將五年前買的長褲剪成短褲樣式。
我／上衣：出國旅行時購買 褲子：URBAN RESEARCH ROSSO 拿在手上的圍巾：Faliero Sart 鞋：CONVERSE 夫／襯衫：二手店購入 褲子：UNITED ARROWS 鞋：new balance

7：先生將無印良品的開襟外套披在背後，而我則是將UNIQLO的開襟外套披在肩上，為了不要有「Pair」的感覺，於是改變穿搭的方式。
我／開襟外套：UNIQLO 上衣：H&M 褲子：GU 絲巾：二手店購入 涼鞋：carino 夫／開襟外套：無印良品 襯衫：二手店購入 褲子：Dickies

8：我選擇米白色、先生選擇灰色的厚棉上衣，因為沒有配戴項鍊，所以將皮包斜背代替飾品並且做為造型重點。
我／厚棉上衣：BLISS POINT 牛仔褲、包：皆為ZARA 鞋：FABIO RUSCONI 夫／厚棉上衣：無印良品 褲子：UNITED ARROWS 眼鏡：Zoff 鞋：Paraboot

平價品牌造型穿搭術Q&A

Yoko's advice

我把部落格中大家對我提出的問題和我個人的回答在這裡做了整理。
不知道能不能對大家的造型穿搭有所幫助，希望有用喔。

關於造型穿搭

Q 穿著太貼身的上衣
總覺得顯胖

A 臀部和腰部都會隨著年齡增長越加壯碩，上衣選擇比較貼身的樣式時，下半身我就會搭配不易讓身型線條顯露的款式，例如寬褲、褲裙、長裙或是寬擺裙等。但是，冬天時可以利用外套遮掩，所以在不脫外套的前提下我有時候也會穿著貼身的針織衫搭配貼腿褲喔。

Q 要如何將男裝單品
穿出整齊俐落感呢？

A 男裝襯衫的優點是可以穿得寬鬆自在，讓整體造型散發輕鬆氛圍。為了不要看起來邋遢，記得不要將袖子摺起來，而且要自然的向上拉，搭配針織衫時也是一樣，如果袖子很容易往下滑落，可以在10元商店購買固定袖子用的鬆緊帶喔。

Q 穿著牛仔襯衫時
看起來很男性化……

A 如果下半身搭配寬版的款式，那麼看起來或許就會給人留下沒有精神不夠俐落的印象，這時候可以將下擺打結，也可以將前下擺或側邊下擺塞進褲子或裙子裡，讓上衣看起來稍短一些。另外，我建議也可以搭配貼腿褲和內搭坦克背心或T恤，將牛仔襯衫當作外套穿搭。

Q 有腰身設計的西裝外套
是不是無法穿出休閒風格？

A 有腰身設計的外套的確適合搭配款式設計較成熟正式的裙子或褲子，但是，我覺得搭配牛仔褲或是寬版型的樣式增加休閒感也是非常帥氣的穿搭方式。我愛用的UNIQLO西裝外套就是稍微有腰身設計的樣式，不過我也穿得十分休閒。

Q 因為太冷了，
冬天的短袖針織衫幾乎穿不到

A 的確，這種款式的衣服通常都只能一直放在衣櫃裡無用武之地。如果你的短袖針織衫是比較貼身的款式，不妨內搭一件長袖上衣，外面再加上一件開襟外套吧！如果是寬鬆的版型，就可以內搭一件襯衫或高領樣式的上衣也是不錯的方法。多層次的穿搭方式不僅可以保暖，還可以讓造型更有立體感，大家一定要試試看！

Q 今年也想要一件皮革外套！
選擇的訣竅是什麼呢？

A 我愛用中的皮革外套是騎士風格款式，我選擇的重點是：(1)較短的衣長 (2)柔軟的皮革，可以內搭針織衫 (3)領口不要太寬大，款式設計不要太粗獷。如果覺得騎士風格的皮革外套給人感覺太過粗獷，那麼建議選擇無領設計的樣式會比較好。皮革外套不太受流行影響，所以非當季的折扣時期是購買的好時機，就算是合成皮如果版型漂亮也OK喔！

Q 風衣袖口的皮帶扣環太鬆，才綁好就鬆掉了…

A 風衣的袖子太長會讓人有一種「被衣服駕馭」的感覺，這樣就沒有優雅感覺了啊！將袖口捲起來露出手腕，如此一來即可以製造清爽高雅的印象。如果袖口是皮帶扣環的樣式，就要將皮帶扣緊同樣露出手腕才會漂亮，不要理會皮帶上的洞口，只要緊緊扣住就算動來動去也不容易鬆脫喔。或是拿到服裝修改店再多開幾個洞口，或許也是個好方法。

Q 穿著沒有腰身設計的洋裝時看起來好像孕婦

A 我也很在意小腹周圍的感覺，所以會在這裡下點工夫！例如在肩膀上披一件開襟外套讓視線往上移，或是利用長項鍊營造直線條的視覺效果，另外也會使用皮帶或將襯衫綁在腰間，也可以將衣服拉一些出來呈現造型感，甚至是將皮包斜揹也能帶來造型效果。總而言之，寬鬆的洋裝總是讓人看起來以為是孕婦，那麼或許還是選擇不過於寬鬆的版型較佳。

Q 穿著洋裝並使用皮帶製造造型效果時，皮帶的正確位置在哪裡？

A 如果將皮帶繫在腰骨處會讓上半身看起來太長，反而帶來反效果，但是如果繫在腰部的剛好位置，也會產生拘束的感覺，所以我的

建議是繫在這兩者中間的位置。另外，皮帶過於顯眼的話則會讓人感覺老氣，有一條具有現在流行感的細皮帶會更實用喔！

Q 身材較胖的人是否不適合貼腿褲呢？

A 比較有肉的人如果上半身穿著一件長度大約可以遮住腰部的上衣再搭配貼腿褲，看起來反而更輕盈俐落喔！所以我覺得如果你認為「太胖了不適合穿貼腿褲」而放棄的話，那就太可惜了。另外，我更想推薦貼腿褲給大腿有肉但是小腿纖細的人，而小腿較粗的人穿貼腿褲則會暴露身材缺點，這時候必須選擇長度至腳踝的上寬下窄版型，看起來就會有俐落的造型線條囉。

Q 關於長裙的長度，該如何選擇呢？

A 基本上我會選擇能遮蓋住腳踝的長度，搭配平底鞋時就穿原本的長度，如果搭配短靴或高跟鞋時最好是到腳踝上方的長度，所以會從腰部摺起來調整裙長。

關於配件

Q 皮包的五金和飾品的顏色應該一樣比較好嗎？

A 皮包的五金是金色的話飾品就搭配金色，如果是銀色的話就搭配銀色，這樣才有統一感也會比較俐落好看喔！基本上在這本書中所介紹的造型穿搭都是以這樣的穿搭方式呈現。但是，有時候配戴銀色項鍊時想要拿的皮包上的五金卻是金色！也會發生這種情況吧！這個時候我就會選擇金色和銀色的手鍊或戒指混搭在一起。時尚流行雜誌中也可以看到提著金色扣環的皮包，卻搭配銀色手鍊和手錶的造型，我認為只要五金不那麼顯眼時就沒有關係。

Q 對金屬過敏
所以無法配戴飾品怎麼辦

A 選擇領口附有寶石鍊帶的襯衫或是水鑽設計的上衣如何呢？這個方法同樣推薦給家有幼兒無法戴項鍊的媽媽們。開襟外套的釦子是閃閃發亮的材質，或是肩膀上有釦子的設計等，市面上有許多服裝款式就算不搭配飾品也能穿出造型感，請大家一定要試試看喔。

Q 挑戰戴帽子，
但是一直卻步

A 帽子是比想像中還令人印象深刻的配件，所以很多人剛開始會感到不好意思，我自己有時候在精心搭配服裝之後再加上一頂帽子時也會覺得「是否過度造型了?!」並且因此而感到不安，所以盡可能的在極簡的服裝造型時搭配一頂帽子增加造型重點，不妨以這種方式開始試看看。我也是從帽沿較窄的款式開始嘗試，現在對於帽沿寬大的搶眼款式也不會有抗拒感了。

Q 皮包的背帶
太長了…

A 我懂！斜揹時長度剛好的皮包背帶，側背的時候就太長了啊！我的鍊帶包也有這種情形，所以其實我是在皮包內側用綁頭髮的橡皮圈固定住(笑)，因為是便宜的（出國時以1400日圓；約台幣410元左右購買）皮包才會衍生出來的小技巧啊！

Q 想挑戰搭配襪子的造型，
有什麼訣竅嗎？

A 搭配襪子的服裝造型雖然可愛但是卻很困難啊，我的建議是黑色高跟鞋搭配黑色襪子，我就是以這種方式選擇鞋子和襪子以相同顏色搭配。或是黑色鞋子搭配灰色襪子等以漸層色系的方式開始也比較容易，漸漸上手之後可以選擇白色或米色的襪子，就能夠營造出「流行時尚的感覺」。重點是要露出褲子或裙子與襪子之間的肌膚，所以搭配襪子時選擇長度稍短的褲子看起來會比較可愛喔！

Q 穿高跟鞋
不會累嗎？

A 我穿鞋跟較高的高跟鞋時會加上具有彈性的鞋墊，如果是看得見鞋墊的涼鞋或高跟鞋就使用透明的樣式，良好的附著性不會脫落也非常舒服。如果是短靴就選擇大一號的尺寸，再加上兼具防寒性的刷毛鞋墊。

Q 平底鞋也能穿出
成熟漂亮的感覺嗎？

A 如果是尖頭的平底鞋，就算沒有鞋跟也能讓腿部顯得修長好幾公分，並且讓造型呈現優雅感。對於不擅長穿高跟鞋的人，我推薦楔型的樣式，穿起來比較有穩定感。另外，如果是內增高設計的款式，即使鞋跟比較高也會比較好走路。

Q 現在才要買短靴的話，
會不會太遲了呢？

A 雖然是2013～2014年間大流行的款式，但是其實6～7年前在許多服飾精品店就一直可以看到了，所以我覺得這已經成為鞋子中的基本款了。根據材質（皮革或麂皮等）、版型、鞋跟粗細的不同而呈現不同的款式印象，或許在這方面就能看出流行與否的差異。想穿出成熟漂亮感覺的人可以選擇鞋跟較細、楦頭線條俐落的款式，鞋跟較粗、圓楦頭的款式則偏向休閒風格。

關於生活型態

Q 當看到想要的衣服時
會毫不猶豫的購買嗎?

A 我幾乎沒有因為在店裡看到後一件鍾情就買回家的經驗!我會在實際換季前先參考雜誌或是Window Shopping做功課,盡可能對於「自己想搭配的造型」有具體的印象,然後在整理需要的單品清單後,如果發現完全吻合並且在預算之內的商品時就會馬上購買。對於可以穿得長久的外套等單品,我會先在網路上搜尋,發現目標後再前往店頭試穿。

Q 對於感到不適合的衣服或鞋子,
會做出斷捨離的決定嗎?

A 嘗試幾次之後還是覺得不合適的話,我就不勉強並且乾脆的跟它們說再見,因為每次看到不適合的單品就會煩惱,想到「用不到」就感到焦躁…。原先擺放這些不適用單品的空間可以重新添購自己喜歡並且適合的衣服或鞋子回來,心情應該也比較愉快吧!還有,如果買的是平價品牌的商品,遇到不適合的單品時殺傷力應該也比較小吧!我以前很喜歡有蝴蝶結裝飾的甜美風格衣服或配件,但是喜好改變後就比較喜歡簡單的款式設計,以前那些甜美風格的東西也就都處理掉了。

Q 對於流行
在意的程度?

A 曾經看過某一本流行雜誌寫著「今年流行的是白色襪子!」,卻在另外一本雜誌上又看到「必定是黑色」,就連雜誌對於流行也經常有不同的看法啊!如果總是認為精心挑選購買的單品「可能不是流行款式」,那麼也就無法穿出自信,所以我不會在意流行的細節,缺乏自信時我會參考雜誌或櫥窗內的造型,然後選擇相似的單品搭配,然後就會發現「這件單品今年也很OK」,我都是抱持著這種積極正面的態度!

Q 平價品牌的服裝
不會經常撞衫嗎?

A 這種心情我非常了解!!所以我主要選擇就算撞衫也不明顯的一般色系素面款式搭配於造型中。有圖案設計的單品我會選擇H&M或しまむら的商品,或許因為生產的數量比較少,所以比較不需要擔心撞衫的問題。但是如果遇到和自己穿著相同衣服卻搭得十分漂亮的人,我心裡都會想「啊〜!我和那個人穿一樣的衣服這件衣服果然是好看的」,而我也努力要變成像這樣被大家認同讚美的人!

Q 針織衫大概多久
清洗一次呢?

A 平常在收進衣櫃前會先噴上衣服用的除菌消臭劑,穿兩、三次之後在家自己手洗,只要將針織衫反面並且裝進洗衣袋中,再使用高級衣用的柔軟洗衣精溫柔搓洗似乎就可以了。我也使用洗衣機洗過UNIQLO的卡希米亞材質針織衫,幾乎感受不到有縮水的情況,但是先生的針織衫卻發生過縮水的情形,所以我不敢斷言「一定沒關係!」…。

結語

我開始寫平價品牌服飾穿搭的部落格是在2013年5月，剛好已經過了兩年。

在這期間，我除了寫部落格之外，也從事個人時尚諮詢師的工作，給予我的客戶造型穿搭的建議，也在大眾面前談論關於流行時尚的話題，這些都替我累積了許多經驗。雖然只是對於平價時尚穿搭術的拙見，但是我覺得也是有一點一點的成長進步吧！而這本書就是集結了這兩年來的一切。

我非常喜歡平價品牌商品的造型，但是這並不代表我對於時尚雜誌或造型師的著作中刊載的高價服飾沒有憧憬，我每次看這些雜誌和書的時候都在做功課，也因此對於自己的穿搭技巧也曾經有過迷惘。寫這本書的時候經常猶豫不決，覺得這樣子的穿搭可以嗎，是不是有更好的搭配組合呢，即使如此，我還是將我現在能夠告訴大家的傾，全力投注於這本書中，所以，在非常開心與大家分享的同時卻也緊張萬分。

還在學習中的我希望有更多人能和我一起感受造型穿搭的樂趣！希望能幫助更多人學習造型穿搭的技巧！

最後，非常謝謝您們選擇這本書並且閱讀到最後，也非常感謝關注我的部落格和Instagram的朋友以及替我按讚和留言給我的朋友們，託大家的福，讓我每天工作時都能充滿活力努力著。

那麼，我們就下次再聊囉♪ 晚安。

Thank you !

IG 時尚穿搭力！

作　　者》YOKO
翻　　譯》鄭雅云
發 行 人》黃鎮隆
協　　理》陳君平
企劃主編》蔡月薰
美術總監》沙雲佩
封面設計》陳碧雲
公關宣傳》邱小祐、陶若瑤

出　　版》城邦文化事業股份有限公司　尖端出版
　　　　　台北市民生東路二段141號10樓
　　　　　電話／（02）2500-7600　傳真／（02）2500-1971
　　　　　讀者服務信箱：ada_tsai@mail2.spp.com.tw
發　　行》英屬蓋曼群島商家庭傳媒股份有限公司
　　　　　城邦分公司　尖端出版行銷業務部
　　　　　台北市民生東路二段141號10樓
　　　　　電話／（02）2500-7600　傳真／（02）2500-1979
劃撥帳號》50003021 英屬蓋曼群島商家庭傳媒（股）公司城邦分公司
　　　　　※劃撥金額未滿500元，請加附掛號郵資50元

法律顧問》通律機構 台北市重慶南路二段59號11樓

台灣地區總經銷》
　　　　　◎中彰投以北（含宜花東）高見文化行銷股份有限公司
　　　　　　電話／0800-055-365　傳真／（02）2668-6220
　　　　　◎雲嘉以南　威信圖書有限公司
　　　　　　（嘉義公司）電話／0800-028-028　傳真／（05）233-3863
　　　　　　（高雄公司）電話／0800-028-028　傳真／（07）373-0087
馬新地區總經銷》
　　　　　城邦（馬新）出版集團 Cite（M）Sdn.Bhd.
　　　　　41, Jalan Radin Anum, Bandar Baru Sri Petaling,57000 Kuala Lumpur, Malaysia.
　　　　　電話：（603）9057-8822　傳真：（603）9057-6622
　　　　　E-mail：cite@cite.com.my
香港地區總經銷》
　　　　　豐達出版發行有限公司
　　　　　電話：852-2171-6533　傳真：852-2171-4335

版　　次》2016年4月初版　ISBN 978-957-10-5034-8　Printed in Taiwan

國家圖書館出版品預行編目(CIP)資料

IG時尚穿搭力！日本超人氣平價時尚女王
教你這樣穿，只要UNIQLO、無印良品、
思夢樂、GU、ZARA 、H&M就能打造365
天的完美品味 / YOKO著. -- 初版. -- 臺北市
: 尖端, 2016.04
　　面；公分
　　ISBN 978-957-10-6389-8(平裝)
1.衣飾　2.時尚　3.品牌
423.23　　　　　　　　　　　104026289